Kama Kamanda

Les Contes du griot

Les Contes des veillées africaines

Présentation, notes, questions et après-texte établis par

LAURENCE SUDRET

professeur de Lettres

Sommaire

Après-texte

LA CHALEUR ET L'ENTHOUSIASME D'UN CONTINENT MAL CONNU

Kama Sywor Kamanda est un auteur africain de renommée internationale ; il a été traduit dans de très nombreuses langues. Il a fait des études de littérature, de sciences politiques et de droit, à Kinshasa et à Liège. Cette ouverture sur le monde ne lui a pas fait pour autant oublier son Congo natal, où il voit le jour en 1952, à Luebo. Il fait partager son amour pour l'Afrique à celui qui aura la chance de lire ses poèmes ou ses contes. Car il ne se contente pas d'un genre littéraire unique et diversifie ses productions : en plus de ses nombreux recueils de contes (*Les Contes du griot*, tomes 1, 2 et 3 et *Les Contes du crépuscule*), il a publié une dizaine de recueils de poésie (*Chants de brumes*, *Les Résignations*, *Quand dans l'âme les mers s'agitent…*), recueils dans lesquels il transmet les couleurs, la chaleur et les particularités de son Afrique natale. Il s'inspire non seulement des traditions bantoues dans lesquelles il a baigné, mais également des histoires et des mythes de l'Égypte ancienne, pays de ses ancêtres lointains. Pourtant, il ne s'est pas arrêté à ces deux genres littéraires et a également écrit un roman : *Lointaines sont les rives du destin.* Son talent se développe donc dans bien des domaines.

Sa renommée est telle qu'il a été récompensé pour son travail par plusieurs prix littéraires : le prix Paul Verlaine de l'Académie française en 1987, le prix Louise Labé, le prix Théophile Gautier, pour ne citer que ceux-ci. C'est une juste récompense pour un homme qui a su revendiquer avec talent et brio un monde mal connu du grand public.

En effet, dans ses contes tout particulièrement, le lecteur retrouve la richesse de la culture africaine ; dans le titre même du recueil qui nous occupe, la référence au griot n'est pas anodine car c'est le poète musicien qui, de village en village, transmet la culture orale du pays. Il nous fait partager la simplicité et la sagesse que l'on trouve dans tous les contes quelle que soit leur origine. Ces contes sont comme ceux qui ont bercé les enfants de tous les pays du monde. Ils les divertissent et leur donnent matière à réfléchir : les attitudes des uns sont louables, dignes d'éloges quand celles d'autres sont répréhensibles et n'ont pour objectif que de pointer du doigt ce qu'il ne faut surtout pas faire… Mais à l'inverse de certains contes traditionnels de la culture française, devenus un peu « pesants » avec le temps que ce soit à cause de l'écriture parfois pompeuse ou des modèles qui n'ont plus de lien direct avec la réalité du XXIe siècle, force est de constater que *Les Contes du griot* sont agréables à lire et « vivants ». Le style très enlevé de Kamanda nous entraîne à la suite des animaux de toutes races et des hommes sages ou imprudents. Le lecteur vibre en leur compagnie en songeant aux conseils qu'il aurait pu donner ou à ceux qu'il aurait pu recevoir. C'est en cela que les contes de Kamanda sont fondamentalement d'actualité.

Kama Kamanda

Les Contes du griot

Le Pharaon et la barque solaire

Ceci n'est pas une légende…

L'histoire du monde commence avec l'exode des Bantous[1], une tragédie africaine dont les racines se perdent dans la nuit des temps. Je vais vous rapporter le récit de la création de 5 l'Égypte par les Bantous.

L'aube, telle une enfance, affrontait les nuages grisâtres. Sa lumière persistante glissait à travers les feuillages. Des hirondelles voltigeaient sous le ciel à peine ensoleillé. Assise sur la terrasse du plus luxueux palais d'or et de cristal de tous les temps, 10 Sowan regardait s'éveiller la nature. De sa terrasse, elle voyait la ville et ses splendeurs. Son superbe palais, cerné de fleurs et d'arbres rares, se dressait de toute sa magnificence dans ce pays des Bantous situé au centre de l'Afrique. Il ressemblait par sa forme à une termitière géante. Les portes étaient en or massif. 15 Des temples dorés, des stèles, des obélisques en or portant des écritures sacrées et des sculptures colossales représentant Amon[2], le Dieu, Isis, la Déesse mère, et la vie de la cité faisaient la fierté de la Cour.

Il y avait des palétuviers[3] sur les bords du fleuve et de nom- 20 breux voiliers de pêche à sa surface. De temps à autre, des promeneurs attentifs s'attardaient le long des rives.

---

1. Peuples de l'Afrique vivant au sud de l'équateur.
2. Dieu égyptien.
3. Arbres aux racines aériennes, poussant dans des endroits inondés.

L'âme rêveuse, les yeux tournés vers le futur, Sowan avait le cœur plein d'espoir. Souvent silencieuse, elle ne livrait à personne le fond de sa pensée. Princesse noble et cultivée, elle usait de son intelligence pour aider son vieux père à mieux administrer le royaume. Discrète et attentionnée, elle ne laissait jamais un détail échapper à son analyse. Nostalgique[1], elle évoquait le souvenir de sa mère, morte quand elle avait trois ans, et pleurait en silence : elle lui manquait.

Elle regrettait de ne l'avoir pas assez connue. Elle était convaincue qu'elle serait devenue sa meilleure amie. Pour atténuer son chagrin, elle passait le plus clair de son temps à s'instruire, à aider les orphelins et à servir de confidente à son père. Adulée[2] des siens pour ses qualités de cœur et d'esprit, elle était aussi admirée pour son courage et son charme exceptionnels. Issue de la lignée des déesses-reines, elle gardait une allure douce et mystérieuse. Elle avait une peau d'argile dorée et des yeux perçants de tendresse. La jeune femme était de taille moyenne et présentait une silhouette élégante, enjolivée des courbes sensuelles de sa poitrine galbée. Son regard était doux, ses lèvres pulpeuses comme une goyave mûre. Elle était gaie, mais assez souvent rêveuse, ce qui faisait croire aux gens qui l'entouraient qu'elle était mélancolique. Héritière de la couronne, elle avait des goûts très raffinés.

Sowan avait fait ses études avec les plus grands maîtres à

---

1. Triste en pensant au passé.
2. Adorée.

penser de son époque. Elle aimait parler de l'univers avec les savants, et se promener avec les poètes dans les forêts vertes qui surplombaient la cité des ancêtres.

Chaque soir, au coucher du soleil, comme au clair de lune, une fois la lecture achevée, Sowan prenait plaisir à descendre les pentes abruptes d'une falaise surplombant le jardin jusqu'au fleuve. Elle allait s'asseoir, seule, sur la berge. Elle écoutait le bruit des rapides, le chant d'oiseaux nocturnes et le clapotement des sources que les courants entraînaient dans les vagues du fleuve. Elle humait l'odeur des plantes, se laissait caresser par les branches légères dont le feuillage heurtait doucement son visage. Elle songeait à Amon, à l'amour qu'elle lui vouait, aux promesses vives qu'elle lui avait faites, à sa tendresse et à son désir d'être la femme élue de Dieu.

Elle avait eu deux enfants de lui.

Mais la mort de l'aîné et le chagrin de la mère incitèrent le Dieu Amon à s'incarner dans l'enfant qu'elle désira engendrer[1] à nouveau.

Porteur de l'espoir, fils du destin croisé, il devait unir le temps et l'espace en une seule matière. Il marquerait son règne d'une vie éternelle.

Attentif à ce qui fut annoncé, soumis par ce qui avait été promulgué[2], le peuple accepta d'attendre la naissance de l'enfant sacré. Les notables, les poètes, les conteurs et les voyants

1. Mettre au monde.
2. Mis en application.

célébraient nuit et jour cette longue espérance. L'idée d'une génération épargnée par la mort fascinait les habitants.

Les croyants venaient de chaque coin du monde se prosterner devant la mère élue.

À cette époque unique, marquée par le règne fabuleux de la dynastie des Djoser[1], dont la gloire des fondateurs reste encore gravée sur les stèles de l'histoire de l'humanité, les femmes étaient belles, élégantes et agiles dans leur allure. Vêtues de robes de soie ornées de perles et de monceaux d'or ou drapées de pagnes en lin éclatants de couleurs, elles arboraient des visages souriant de bonheur.

Les hommes, au teint de bronze, aux dents d'une clarté de perles, étaient souvent beaux, charmants et travailleurs.

On ne connaissait ni la faim ni la pauvreté. Tous les sujets étaient libres. Une fois par mois, le peuple se rassemblait autour de ses gouvernants pour débattre des questions du royaume. Dans les villages et les villes, les notables se confondaient avec les citoyens pour la confrontation des idées.

De siècle en siècle, les Bantous vivaient selon cette tradition. Rien ne venait troubler leur sérénité, sinon les invasions périodiques des Gétules aux frontières du royaume.

Les Gétules, peuple barbare, vivaient sous un régime de terreur. Leurs chefs successifs étaient des tyrans sanguinaires, des despotes[2] et des pillards. Leurs richesses provenaient essentiel-

1. Souverains égyptiens de la IIIe dynstie (2800 avant J.-C.).
2. Chefs d'état qui gouvernent de façon arbitraire et absolue.

lement des guerres interminables qu'ils menaient contre les tri-
95 bus voisines. La contrebande était la règle parmi leurs activités. Cet ensemble, formé au départ d'hommes exclusivement – dont la plupart étaient des esclaves en fuite, des voleurs, des guerriers chassés de leur pays d'origine ou des vagabonds sans attaches familiales –, réussit, à force d'invasions et d'enlève-
100 ments de femmes, à constituer une dynastie. Les Gétules restaient une menace pour leurs voisins.

Les Bantous, eux, surent développer les sciences, les arts, l'architecture, l'écriture et l'agriculture mieux qu'aucun peuple au monde avant eux. Ils purent enfin bâtir des cités en matériaux
105 durs capables de résister aux tempêtes violentes et aux séismes.

Peuple de penseurs, leur savoir était répandu grâce aux notables de la Cour royale : ils parcouraient le pays, écoutaient les plaintes, enregistraient les vœux de la population, région par région, village par village, afin d'en assurer la réalisation ou la
110 réparation. À chaque temple dédié à Amon était rattachée une grande école.

À cette époque, Djoser Chakaba, Pharaon bantou, régnait sur son peuple avec sagesse.

Sa fille, Sowan, avait renoncé à toutes les charges. Elle consa-
115 crait sa vie à veiller sur sa grossesse divine. Elle était consciente des risques qu'elle courait. Son enfant faisait l'objet d'intrigues[1] de la part des sorciers et autres maîtres de la magie. Jamais ils n'accepteraient la venue d'une dynastie éternelle et contraire à

1. Plans secrets établis pour nuire à quelqu'un.

leurs intérêts. Ils avaient juré sa perte, car une fois l'enfant venu
120 au monde, plus rien ne pourrait l'atteindre. Sachant cela, les dieux jaloux décidèrent de l'anéantir à cet instant précis où, dans le ventre de sa mère, il était fragile et sans défense, comme tout autre bébé.

Thoutmosis était un redoutable voyant de quatre-vingt-sept
125 ans, ridé comme une rivière sous la pluie. Il vint, un jour, se présenter au palais. Il sollicita une entrevue avec la princesse Sowan. Il annonça qu'il avait des révélations à lui faire. La gouvernante le trouva digne de respect. Elle ordonna au chef du protocole de le laisser entrer. Un calme absolu dominait les
130 lieux. Seuls les oiseaux rompaient le silence parmi le cri lointain des pêcheurs.

Le vieillard, impressionné par la beauté du palais, trébuchait en marchant. Il pénétra dans une salle ornée de beaux tissus, de marbres et d'or. La princesse se trouvait là. Le vieil homme fut
135 stupéfait : Sowan était magnifique, magnanime[1] et d'un charme indescriptible. Doucement parfumée, elle était d'une élégance à troubler la sérénité de n'importe quelle âme pieuse.

Sowan accueillit le vieux voyant dans l'immense salon doré en présence d'une dizaine de jeunes femmes, servantes et amies.
140 Elles étaient, comme elle, vêtues de superbes tuniques de lin. Elles lisaient des poésies anciennes et se récitaient les passages qu'elles jugeaient plus romantiques que les autres. Sowan et ses

1. Généreuse.

invités prirent un thé d'oseille au miel et le burent, soufflant sur la vapeur aromatique qui se dégageait des récipients.

145 Le devin, la canne à la main, posa sur la table proche ses divers instruments de magie. Sowan lui fit apporter un thé d'hibiscus[1] frais pour le désaltérer.

Et, quand ils se furent présentés, la princesse voulut tout de suite savoir la raison de sa visite.

150 Assise sur une chaise en or, dont le coussin en pure soie était décoré aux couleurs royales, elle le regardait parler. Le mage entra en transe[2] et commença sa consultation. Il dit obstinément :

– Un grave danger menace votre enfant-dieu.

Sowan, nerveuse en face de lui, gardait le silence et l'observait attentivement. Elle fit un signe de la main pour lui faire comprendre qu'elle l'écoutait. Emporté dans le vertige de sa voyance, il vit une horde[3] d'étrangers envahir la cité des ancêtres, massacrer la population et détruire les vestiges d'une civilisation millénaire.

160 Le magicien suait, terrorisé par ce présage[4]. Sa voix se brisa. Il avait le cœur plein de tristesse. Il ressentit tout à coup la peur de ce qu'il allait dire. Sowan restait là, impénétrable. D'étranges frissons l'envahissaient.

Le vieillard, subitement, se mit à pleurer. Ses lèvres trem-

1. Arbre tropical dont les fleurs sont très belles.
2. Dans un état d'esprit qui le transporte en dehors du monde réel.
3. Un grand nombre.
4. Signe à l'aide duquel on essaye de dire l'avenir.

165 blaient. Il n'osa plus continuer à parler ni à consulter le destin. Quelque chose le chagrinait, le tourmentait, le perturbait. Sowan l'encouragea à s'exprimer.

Puis, avec difficulté, il poursuivit et annonça :

– Votre grossesse sera interrompue et vous en mourrez !…

170 Sowan laissa tomber d'émoi sa tasse de thé sur le sol et balbutia :

– Pourquoi en veut-on à mon enfant ?

Sa dame de compagnie accourut, effarée. Elle la prit dans ses bras en répétant :

175 – Du calme, ma douce étoile d'Amon !

L'étrange voyant, tout tremblant, dit avec la sérénité[1] qu'il ne perdait jamais :

– Vous voilà prévenue ! Reste à fuir loin d'ici, ma tendre princesse ! Cela évitera peut-être que vous soyez tous deux 180 sacrifiés !

Le cœur de Sowan chavirait. Un grand tourment saisit son esprit. Amon n'était-il pas un Dieu ? Mais un Dieu qui s'est fait homme doit subir le châtiment noué à la chair, à l'espace et au temps.

185 Elle ne put retenir ses sanglots.

Dans son entourage, ce fut l'émoi. Les traits de Sowan se figèrent. Elle s'adressa au visiteur avec amertume[2] :

– Je vous remercie de m'avoir dit la vérité. J'en étais préve-

---

1. Calme.
2. Tristesse, regret.

nue par les songes. Mais j'en étais moins certaine avant votre
190 venue. J'essaierai d'empêcher ce désastre. Et pourtant, je suis persuadée que cela dépend des forces célestes[1] uniquement.

Immobile, saisie d'une profonde douleur, Sowan soupira et pleura encore.

Le voyant se leva, inclina la tête, dit merci et s'en alla.

195 Sowan, décidée à garder son enfant, n'était pas indifférente aux menaces des mauvais génies. Elle était surtout heureuse de vivre le bonheur d'engendrer Amon incarné. Quand on lui parlait du danger qu'elle courait, elle avait la franchise de le reconnaître. Mais cela ne l'empêchait pas de dormir. Elle disait tou-
200 jours que jamais les dieux créés par Amon ne s'en prendraient à elle pour l'arracher à son destin.

Un matin, son père, le roi Djoser, après avoir passé une nuit terrible, s'inquiéta. Il avait fait un cauchemar atroce, il avait vu dans son rêve toute sa cité ravagée, brûlée, et son peuple exilé.
205 Il avait le pressentiment depuis lors qu'un grand malheur se préparait. De plus, les prêtres du royaume présageaient un futur très sombre. Ils avaient tous vu, grâce à leur magie, que la famille royale serait décimée[2].

Le roi Djoser, voulant sauver les siens, tenta de convaincre sa
210 fille de prendre autant d'or, d'hommes et de femmes qu'elle en désirait pour son service, et de se sauver loin du pays jusqu'à ce qu'elle accouchât. Elle pourrait aller vers la Nubie[3], fondée par

1. Qui dépendent des dieux.
2. Anéantie.
3. Région d'Afrique.

une dynastie bantoue et gouvernée par un de ses oncles, désigné sous le nom de Lion de Kerma.

Malheureusement, Sowan avait les nerfs solides et n'était pas prête à fuir son propre destin. Il n'était pas dans sa nature de jeter les armes sans avoir combattu. De toute façon, la fuite en Nubie ne pouvait que la rendre vulnérable. Elle le savait. Elle ne serait en sécurité nulle part. Alors, pourquoi se persuader du contraire ? Elle resterait auprès des siens, elle se défendrait avec l'énergie nécessaire. En tout cas, elle ne laisserait personne l'influencer ni l'impressionner. Femme courageuse et guerrière, elle affronterait ses ennemis à visage découvert. Elle ne le disait pas, mais elle le pensait fermement. Pour sauver Amon, elle était prête à tout compromis[1] honnête, voire à toutes batailles.

Autant rester chez soi, lever des barricades, ériger[2] des remparts contre les intrigues de ses antagonistes[3], plutôt que de se retrouver seule, errant sur les routes lointaines de l'exil.

Elle avait, comme toute femme, des devoirs sacrés de mère à assumer. Elle voulait y parvenir au mieux des intérêts de son enfant. Elle accomplirait un effort considérable pour suivre les consignes des prêtres d'Amon.

L'idée de perdre son bébé l'avait perturbée profondément. Nerveuse, elle avait épuisé tous les moyens diplomatiques pour dissuader ses adversaires, mais en vain. Ceux-ci redoutaient qu'elle ne cherchât en fait à gagner du temps, à protéger son

---

1. Accord, arrangement.
2. Élever.
3. Ici, ses ennemis.

enfant-dieu jusqu'à la naissance. Elle avait même essayé, en pure perte, de troquer la vie de son fils contre la couronne.

Elle avait besoin d'un sursis, mais personne parmi ses enne-240 mis ne consentit à le lui accorder. Elle se sentait, comme toute personne au destin exceptionnel, prise entre les feux de l'idéal et ceux de la contradiction. Son sort d'élue lui semblait désormais difficile à vivre. Ses sentiments maternels provoquaient en elle une grande révolte.

245 Au début de son amour, tout le monde était joyeux. La foule avait acclamé sa liaison divine, elle l'avait portée en triomphe ; à présent, la venue d'un enfant immortel, redouté des dieux, transformait l'espérance en désarroi[1] et le plaisir en une profonde amertume[2].

250 Un soir, certains notables de la tribu tinrent une réunion secrète dont les proches de la famille royale furent exclus.

Mpiya était l'initiateur du complot. Général au sein de l'armée royale, il avait le cœur plein d'ambition.

May Lusanga, le gouverneur, pensa le manipuler à ses 255 propres fins. Pour le tenir, il réussit à le marier à sa fille aînée. Grâce à cette alliance, le vieil intrigant pouvait mieux contrôler les coulisses de la maison royale, afin d'asseoir son influence. Sa soif de vengeance était aussi solide que sa passion démesurée du pouvoir. Le fait qu'il ait pu être écarté du Conseil royal à cause 260 de ses intrigues lui avait laissé un goût amer, une âme aigrie[3].

---

1. Angoisse.
2. Tristesse.
3. Marquée par la déception, le regret.

Un soir de pleine lune, il organisa une rencontre secrète entre son gendre et Sywor, le neveu du Pharaon. Ce dernier, fou amoureux de sa cousine, Sowan, avait en vain tenté d'obtenir sa main auprès de son père. Mais le refus de la princesse, en rai-
265 son de son amour pour Amon, l'avait profondément touché dans son orgueil. Aussi voulait-il se venger de son oncle.

Le lendemain, un proche du gouverneur consentit à mettre Sowan dans la confidence. Il ne voulait pas voir détruits son Dieu ni son pays :

270 – Les maîtres de la magie, conscients des pouvoirs illimités de votre enfant, redoutent sa naissance. Ils se sont jurés de ruiner son incarnation. Ils ont décidé de se liguer avec les chefs des tribus ennemies pour réaliser leur forfait. Ils détestent Djoser et ses prêtres d'Amon. La guerre est maintenant inévitable. Les
275 génies, eux aussi, se sentent frustrés et ne tolèrent pas qu'un Dieu unique les éclipse[1].

Sowan se sentit subitement vidée de son énergie. Cette femme forte s'effondra en larmes. Celle que les hommes trouvaient imperturbable donnait d'elle l'image d'une personne
280 sensible. Alors qu'on la disait impénétrable, elle avoua à ce confident inattendu les raisons de son combat. Elle avait conscience de son drame. Elle était devenue la source d'inquiétude d'un peuple en proie au désespoir. Elle n'avait d'autre choix que de fuir par le fleuve, déguisée en pauvre paysanne.

---

1. Fasse disparaître.

285 En fait, le plan des mauvais génies était simple : ils allaient tuer l'enfant à naître dans le ventre de sa mère. De cette façon, Dieu serait mort et jamais il ne serait plus possible aux hommes de devenir immortels.

Les esprits maléfiques se mirent discrètement à l'œuvre et 290 débauchèrent[1] peu à peu certains des chefs spirituels, qui entraînèrent avec eux leurs guerriers et s'en furent assister aux cérémonies de protection magique, dans la forêt.

Prévenu par un de ses espions, Djoser convoqua le grand maître des traditions. Il lui confia la tâche de défendre le bébé 295 à naître des forces maléfiques.

Le grand prêtre, Menna, devinant le désastre, donna l'alerte. Il était inquiet de ce que cela pouvait engendrer. Les prêtres accoururent et, craignant la tragédie, ils sonnèrent le rassemblement. Protecteurs d'Amon incarné, ils priaient sans repos et 300 sans lassitude. Ils n'accomplissaient aucune autre tâche et n'aspiraient qu'au respect des rites[2].

L'émotion fut si vive que le peuple éprouva de sérieuses craintes. Des foules d'hommes et de femmes, à chaque carrefour, discutaient entre eux de la prémonition[3] et partageaient 305 leurs peurs. On en parlait dans les villages et dans les villes. Le ciel clairsemé d'étoiles inspirait la crainte. La lune luisait avec vigueur.

---

1. Entraînèrent vers le mal.
2. Ensemble des cérémonies propres à une croyance.
3. Ce qui est annoncé.

Ce soir-là, le temple fut rempli de monde. Le grand prêtre suait d'émotion, d'angoisse et d'inquiétude. Il psalmodiait[1] des 310 incantations[2] secrètes.

Plusieurs personnes, rassemblées devant la porte du temple archicomble, s'interrogeaient.

Le lendemain, un messager de la Cour, vêtu d'une tunique de lin couleur des symboles de paix, se mit en route.

315 Quelques heures plus tard, il se retrouva en palabre[3] avec les envoyés de toutes les puissances de la région. Des pourparlers furent engagés entre les différentes tribus.

Arrivé la veille, épuisé à la suite d'un long voyage, l'envoyé n'eut pas le temps de prévenir les siens du désaccord intervenu 320 entre les représentants des pays antagonistes. Il considéra que le rapport attendrait bien jusqu'à son retour.

Malheureusement, la grande majorité des chefs de guerre s'était laissé convaincre par les arguments fallacieux[4] des dieux ingrats et sournois et, à la tombée de la nuit, se déclencha le 325 plus cruel des combats. Barbouillés de peintures de guerre aux couleurs terrifiantes, des guerriers emplumés, armés de lances et d'arcs à flèches, envahirent la terre sacrée en vociférant[5]. Ils conspuèrent[6] et profanèrent le sanctuaire qui avait été dressé à la gloire de Dieu, Amon, et renversèrent les symboles de sa

1. Récitait de façon mécanique.
2. Formules magiques.
3. Débat.
4. Mensongers.
5. Hurlant.
6. Insultèrent.

330 puissance de leurs socles ; ils invectivèrent[1] violemment les différents chefs des villages avant de les égorger et de les mutiler, puis, rendus fous par les suggestions des esprits et par la vue du sang déjà versé, ils se jetèrent en rugissant sur tout ce qui bougeait. Ni les enfants au berceau ni les vieillards ne furent épar-
335 gnés. Les femmes, de la plus jeune à la plus vieille, furent violentées et jetées sur un bûcher qui ne s'éteignit pas durant des dizaines de jours et de nuits. On n'avait jamais vu un tel carnage. Alertés, les hommes du roi Djoser commencèrent à se préparer à l'affrontement final.

340 Pour défendre la capitale, on creusa des trous dans les forêts alentour, on coucha des troncs d'arbre sur les passages menant à la cité royale, on mit des pièges dans les terrains vagues.

Dès l'aube, les rebelles avec leurs alliés gétules entrèrent sur la terre bantoue. Ils escaladèrent les murs, brisèrent la résistance
345 des gardes aux frontières et s'élancèrent vers toutes les principales villes du pays.

D'une grande vaillance, les assaillants inspiraient l'effroi à leurs adversaires. Leur chef, Sywor Mwamba, propre neveu du Pharaon bantou, était redoutable.

350 Guerrier parfait, dompteur des femmes et maître des princes, il faisait la terreur des populations. Partout où il passait, ne restaient plus que des morts et des ruines.

Farouche, il se battait avec plaisir, au milieu des mêlées,

---

1. Injurièrent.

tuant, harcelant, massacrant, coupant les têtes et perçant les flancs de ses ennemis avec son épée tranchante.

Nul, dans les remous des batailles, n'avait le temps de ramasser les blessés.

Les prêtres d'Amon s'étaient mis à prier. Ils savaient leur Dieu en danger.

On s'entre-tuait rudement et jusque dans les coins les plus reculés du pays. Pendant de longues journées de luttes désespérées, à travers les champs et les villages, par la nuit tombante, puis dans l'obscurité profonde, la bataille continua, avec une obstination terrible. L'ardeur revancharde[1] et agitée du prince Sywor, contraignant les esprits las et exaspérés à s'impliquer dans chaque mouvement de la puissante armée qu'il dirigeait avec maîtrise, ne laissait aucune chance aux combattants de l'armée royaliste. Les soldats succombaient sous les coups des tridents ou des flèches. Le roi Djoser se battait ferme et, à voix basse, il engageait ses fidèles à suivre son exemple.

Les compagnons loyaux résistèrent longtemps. Les jeunes recrues venues en renfort soutenir leur combat se montrèrent de braves soldats.

Les guerriers gétules, mobiles, agités et cruels, encerclaient la cité et les villages alentour. Leur chef, Sywor Mwamba, tel un aigle féroce, lançait un regard impitoyable à ses adversaires, maudissait les vaincus et insultait les peureux. Intrépide, il provoquait, narguait et intimidait les autres chefs protagonistes.

---

1. Inspirée par la vengeance.

La foule, criarde et agitée par les interminables affrontements, s'acharnait de toutes parts.

Les hommes heurtaient leurs adversaires, s'en allaient, revenaient, perplexes, toujours dans la crainte d'être tués. Chacun essayait de découvrir la ruse de l'ennemi.

Tous bravaient le danger, maintenaient leur ardeur, l'air décidé, le visage impassible. Certains reculaient devant des combattants plus vigoureux, et soudain repartaient vivement attaquer ceux moins suicidaires qu'eux qui tournaient en rond ou, lâches, s'éloignaient en gémissant.

Le Pharaon, malade, épuisé et redoutant la défaite de ses troupes, montra une attitude de crainte, de méfiance et de sagesse. Il sépara son peuple en plusieurs groupes autonomes. Les femmes et les enfants, protégés par quelques combattants, s'enfuirent, les uns par la forêt et les autres vers le fleuve d'où ils emprunteraient les pirogues pour un long exil en Nubie. D'autres encore suivraient les pistes afin de se cacher dans une grotte ou sur une colline. Le roi Djoser ordonna au grand prêtre de garder le Livre du savoir avec tous les secrets encore disponibles. Il réunit auprès de lui les hommes en âge de se battre.

Il fit partir par un chemin détourné le grand maître des initiés de la tribu, de sorte que si jamais leurs ennemis triomphaient et détruisaient toutes les merveilles de leur civilisation, en profanant le royaume, il puisse un jour redonner espoir à ceux qui survivraient.

405 Plusieurs hommes avaient déserté le front. Ils jetaient leur uniforme, se mêlaient à la foule et fuyaient le pays en guerre.

Éperdu devant la débâcle[1] de son armée dont la bravoure ne suffisait guère à soutenir les assauts de l'envahisseur, le souverain ordonna le repli des siens autour de la capitale.

410 Il désirait éviter que son peuple ne soit décimé. La trahison de certains de ses proches et la fuite massive de ses sujets l'affaiblirent.

Mpiya, complice de Sywor, et rêvant d'une destinée de roi, décida sournoisement d'assassiner Djoser. Profitant de la mêlée, 415 il tira sur son souverain.

Subitement, le vieux roi poussa un soupir qui fit trembler les généraux proches. Une flèche l'avait atteint au cœur. Il fit un dernier effort pour l'extraire. Le sang jaillit, maculant[2] ses beaux atours[3] dorés. Son char aux parures d'or et des pierres 420 précieuses s'en trouva éclaboussé. Ses mains ensanglantées réussirent à retirer la flèche, mais il était trop tard. Ses yeux se fermèrent, son front s'alourdit ; il avait perdu connaissance. Il agonisait, trahi par les siens.

Son armée, affolée, implorait le secours d'Amon. Mais le 425 Dieu, devenu enfant dans le ventre de sa mère, ne pouvait rien faire pour se protéger ni pour assurer la victoire à son peuple. Au front, chacun perdait le courage. Après une résistance farouche, l'armée royaliste céda sous la pression des armes ennemies.

---

1. Fuite.
2. Tachant.
3. Vêtements luxueux.

430 Prévoyant qu'un destin moins cruel attendrait sans doute la jeune mère (le jour de sa délivrance approchait), l'une des sorcières était devenue sa compagne intime. Lorsque les guerriers rebelles envahirent la cité sacrée, la fille du roi montra à sa suivante un passage secret creusé dans le fond du splendide palais 435 de son père.

– Suis-moi, dit-elle à sa compagne, dans ce tunnel nous ne risquerons rien et mon enfant sera sauf.

La femme obéit promptement et elles se tapirent[1] toutes deux au fond du boyau, qui était large et bien aéré.

440 Dès que la princesse, épuisée par ces émotions, se fut endormie, la traîtresse sortit en courant du tunnel et s'en fut avertir les rebelles. Elle en trouva déjà plusieurs occupés à ripailler[2] dans ce qui restait du palais du roi. Les ennemis étaient, semblait-il, fort mécontents : un violent orage balayait les restes 445 brasillants du royaume des splendeurs. Lorsqu'ils surent où était cachée la princesse, les guerriers s'empressèrent de l'apprendre aux sorciers, qui en avertirent eux-mêmes les dieux. Galvanisés[3] par ceux-ci, ces hommes ivres de sang et de vin, alourdis par la nourriture trop abondante et épuisés par le mas-450 sacre, se retrouvèrent soulevés par une ardeur nouvelle et se précipitèrent dans le tunnel, d'où ils tirèrent brutalement la jeune femme hurlant de terreur et d'effroi pour son enfant, plutôt que pour elle-même.

Ils la ligotèrent, sans égards pour son état, et l'emmenèrent

1. Se cachèrent pour ne pas se faire voir.
2. Faire la fête.
3. Excités.

455 en grand triomphe jusqu'à la place désignée pour le sacrifice et où se tenaient auparavant les marchands et leurs échoppes. Le sorcier le plus redouté, celui qui connaissait le langage secret des génies, s'avança solennellement, dans un silence de mort. Il tenait une machette finement aiguisée dans sa main droite. Il 460 brandit le bras et la lame effilée éventra d'un seul coup la jeune femme, qui s'écroula, apparemment morte, sur le sol de terre battue.

Figés par l'horreur de ce geste, comme s'ils venaient tout à coup de s'éveiller d'un atroce cauchemar dans lequel ils 465 n'étaient que des marionnettes manipulées par les dieux jaloux, les tueurs et leurs mégères[1] contemplèrent d'un œil halluciné la jeune femme affalée devant eux.

Les badauds[2] regardèrent avec surprise émerger des entrailles ouvertes une immense marée de laves volcaniques, d'eaux 470 chaudes, de flammes pétillantes et vrombissantes. Le ventre s'ouvrait en s'élargissant sur ses flancs comme un univers béant.

Un cri de mélancolie sans bornes, sombre, exigeant, désespéré, un cri chargé d'émotions intenses et profondes déchira le silence.

475 Dans un élan surhumain, Sowan se redressa légèrement et saisit dans ses bras sanglants le bébé mort qui n'avait même pas vu le jour. Or, une chose miraculeuse se produisit : la tête de l'enfant se renversa vers les meurtriers et l'un de ses grands yeux

1. Femmes méchantes.
2. Curieux séduits par le spectacle.

noirs s'entrouvrit. Une larme énorme, aussi brillante qu'une
480 perle de la plus belle eau, coula lentement sur sa joue, traçant
un sillon clair dans le sang qui recouvrait entièrement le pauvre
petit être.

Mais Sowan n'était pas encore morte ; dans un dernier effort
pour leur faire vaillamment face, elle cracha vers ses bourreaux
485 un jet de salive mêlée de sang. Puis, d'une voix rendue presque
inaudible par l'horrible douleur et l'approche inéluctable[1] de la
mort, elle murmura :

– Vous avez brisé le pacte d'Alliance de vos mains souillées
par le péché. Vous avez tué Amon, le Dieu unique qui portait
490 en lui la promesse de l'immortalité.

Et la princesse reprit une dernière fois la parole :

– De cette larme née d'un Dieu généreux et entièrement
consacré à ceux qu'il créa, s'écouleront des mers immenses, de
vastes étendues de vagues salées. Ma colère ne s'apaisera que le
495 jour sacré entre tous où les déserts et les océans s'étendront sur
la face entière du monde. Mais aucun vivant n'assistera à ce
moment ultime. Allez ! Allez tous et laissez-moi mourir seule.
Vous, hâtez-vous vers le martyre… Vous serez maudits ! La
sueur née de ma douleur se transformera en lave brûlante, en
500 un magma de feu liquide qui brûlera les abris où que vous ten-
tiez de vous cacher. Les volcans coléreux naîtront sous vos pas.
Nulle part vous ne trouverez plus la paix. Ce sera l'exil et tou-

1. Inévitable.

jours la recherche d'un bonheur que vous avez rejeté par faiblesse. Mon enfant vous poursuivra sans répit ; sa mort marquera le début de la peur, de la faim, de l'angoisse mortelle et de la misère pour vos descendants. Traqués, vous finirez par regretter votre crime. Je préfère mourir éventrée et vaincue par vos forces malfaisantes que de connaître le destin terrible qui sera le vôtre !

Les hommes et les femmes reculaient à mesure qu'ils entendaient ses paroles. Mais elle n'avait pas encore terminé sa prophétie que, de part et d'autre, les prêtres se mirent à crier :

– Amon est mort ! Amon est mort ! Dieu est mort, tué par les hommes !

Le temps fraîchit soudain dans la savane. Les oiseaux s'envolèrent dans un froissement d'ailes.

Les cimes des arbres se dégarnirent. Les fauves s'étirèrent, irrités, énervés par on ne savait quel présage. Les troupeaux d'antilopes frémissaient. Les gazelles s'élançaient vers l'horizon, dans la poussière grise de la saison basse.

Les eaux du lac se troublèrent. Les pagnes[1] des femmes claquèrent dans le vent rageur. Elles emportaient leurs enfants sous le bras, les pressant dans leurs cris. Les hommes faisaient entrer le bétail dans les enclos et les étables.

Un vent furieux se mit à hurler, doucement d'abord, puis de plus en plus fort. Les vieux tremblèrent dans les maisons,

1. Vêtements qui recouvrent le corps des hanches aux genoux.

évoquant la colère des esprits du royaume. La terre commença à s'agiter ; des failles se creusaient et de grands vides s'accumulaient dans le sol. Dans le lointain zébraient des éclairs ; un 530 grand tonnerre s'approchait.

Des rafales de vent qui se succédaient transportaient la poussière, le sable et les débris de part en part. Une bourrasque d'une intensité inégalée projeta les hommes les uns contre les autres et fit tomber les plus faibles. Une vague de feux en lames 535 rampantes se lança sur le pays et, courant par-dessus les arbres et les habitations, balaya toutes les terres bantoues.

Sous l'immense pression des volcans, les laves formaient une mer de feu impressionnante. Aidées par la tempête qui faisait rage, elles envahissaient tout sur leur passage. La mort devint 540 inéluctable. Il était difficile d'y échapper.

Étourdis, les hommes frissonnaient de terreur ; tout était effrayant à l'approche de cette masse énorme de flammes dans laquelle ils étaient engouffrés.

Soudain, des forces cosmiques[1] s'affrontaient sous un ciel 545 déchiré d'éclairs et de feux.

Ce qui se passait était indescriptible. On avait le sentiment qu'un cauchemar terrible et effrayant couvrait l'horizon du monde.

La nuit s'annonçait à peine, mais la lumière de la lune 550 suffisait pour apercevoir clairement, dans la cour de la ville

1. De l'espace, de l'Univers.

embrasée, cet incroyable envoyé des ténèbres. Sa présence donna froid dans le dos aux personnes présentes.

Sa tribu vivait dans les obscures grottes disséminées à travers les hautes montagnes.

On avait de la scène une vision incertaine et fugitive. Un tourbillon de personnages terrifiants défilait devant les regards curieux. Des êtres maléfiques se concrétisaient et se désintégraient. Des images naissaient, engendraient des cauchemars et se déformaient. Des silhouettes rapides, agressives et grimaçantes, apparaissaient et disparaissaient soudainement.

Les hommes dispersés, effrayés, se débattaient dans l'obscurité. Les femmes, rassemblées sous l'influence de la peur, priaient les mânes[1] des ancêtres de leur venir en aide.

La terre s'agita sur ses bases.

L'esprit vengeur suivait les allées et venues des fuyards à travers les ruines de la cité d'Amon.

Il errait sur le terrain, happant tantôt un homme, tantôt une femme, et sachant que personne n'échapperait à sa colère. Il malmenait les êtres, les animaux et les arbres, sans ménagement. Les hommes qui s'avisaient de le regarder étaient calcinés.

Son œil, auquel rien n'échappait, explorait les recoins de la terre proche et sondait les repaires pour dénicher les fugitifs.

Les gens étaient épuisés par le choc des vents forts qui soufflèrent sans arrêt durant la longue épreuve. Ils ressentaient à la

---

1. Âmes des morts.

fois de la méfiance et de la curiosité. Les événements paraissaient si étranges que nul humain ne pouvait les contrôler.

Ils observaient, en retenant leur souffle, l'esprit vengeur décimer les populations affolées.

Soudain, le génie s'approcha de Djer, fils du grand prêtre d'Amon, étranger au drame. Il le fixa du regard. Djer ne bougeait pas. Il était paralysé de crainte par le regard de l'esprit vengeur.

Le spectre prit une expression de tendresse, de sympathie. On eût dit qu'il ne le confondait pas avec les autres, qu'il lui conseillait de s'éloigner en cachant ses yeux.

L'esprit nacré, volant et immatériel à la fois, tournoya, se déplaça d'un lieu à l'autre de la ville, se transforma soudain en arc-en-ciel au visage de femme.

Il se métamorphosait à chaque mouvement, prenant des apparences diverses : une belle femme, un squelette de mort, un lion, un éclair, un serpent ou une vieille sorcière. Il volait de part et d'autre et terrorisait les adversaires.

Un appel au secours parvint à Djer, détaché du vacarme environnant. Il attira son attention. Lentement, péniblement, un vieillard avançait vers lui.

Il tendait un parchemin. Il le supplia de le prendre et d'en assurer la protection. Ses yeux fixaient ceux de Djer ; il lui confia un terrible secret.

Il avait de la peine à respirer et toussait. Il suffoquait, transpirait et gémissait de douleur. Il s'exprima avec peine et lui dit :

– Je ne peux défaire ce qui est fait. Je ne peux revenir sur ce qu'a décidé mon maître. Ce que l'Éternel a proclamé, je ne peux le contredire ; ce que sa volonté a exprimé, je ne peux le nier. Les dieux créés par Amon ont brisé le pacte de loyauté. Ils ont trahi. Te voici l'élu d'Amon ! Et son âme s'incarne en toi !

605 « Tu peux atténuer les souffrances des hommes, ralentir la marche du désastre et amortir leurs destinées. Tu feras des offrandes afin d'éteindre le feu de sa colère. Tu érigeras des cultes en son hommage et seul un élu par génération portera la flamme mystique[1]. L'initié ne fera pas partie de cette ténébreuse 610 race qui, de siècle en siècle, s'aveugle par la soif du pouvoir. Humble parmi les hommes, il sentira palpiter dans son âme toutes les aspirations divines. Génération après génération, il devra conserver le sens du sacré. Aucune émotion ne devra troubler sa conscience. Impassible et détaché des contraintes 615 matérielles, il exprimera les vœux de ses semblables et servira de lien entre eux et Dieu. »

Le sage mélancolique et tendre mourut, emportant l'espoir que Djer sauvegarderait la mémoire de son peuple.

Le fléau gagna la forêt, les villages, les rivières, les étangs et 620 les lacs. Le désastre s'avéra terrible et irréversible[2].

Tandis que naissait le désert du Sahara, commença l'immigration des peuples bantous. Des colonnes entières d'individus et d'animaux sauvages ou domestiques s'expatriaient à la recherche d'une terre paisible.

---

1. Qui porte les mystères de la religion.
2. Que l'on ne peut pas faire revenir en arrière.

625 Sur leur chemin, des hommes accablés, des femmes éreintées et des enfants incapables d'un soupir accomplissaient, dans la peine, l'ultime effort de survie. Tout en marchant, ils tombaient de fatigue, de faim et de soif.

La masse noire des vents de sable, en mouvements lancinants[1] 630 telles des vagues océanes, hurlait, harcelait, étreignait comme une tourmente impitoyable. Le dos tourné au vent, l'échine[2] frêle, recroquevillée, chaque silhouette avançait péniblement derrière une autre, chacune servant d'abri à la suivante.

En face, plus loin sous l'horizon, une lueur de survie ; du 635 fond de l'inconnu, l'espoir d'une terre nouvelle, verte d'arbres et féconde de rivières limpides. Les proches s'épiaient, s'encourageaient, se protégeaient. Les cris des enfants, les chuchotements des vieillards et les pleurs des mères se mêlaient au vent. Les hommes quittaient leurs terres à mesure qu'elles dessé- 640 chaient. Les meneurs, en tête du cortège, se barricadaient derrière les éléphants, les girafes, les zèbres et les attelages. Ils n'avaient plus qu'un seul dessein : atteindre les rives du Nil pour les générations futures.

Néanmoins, le peuple chantait, le cœur ému, l'âme perdue 645 au fond de langueurs nostalgiques[3]. Il cheminait vers ce lointain mirage d'une terre moins hostile. Son destin ayant déployé ses ailes, il l'emportait vers d'autres rivages. Dans d'interminables flux et reflux, des mouvements violents comme les

1. Obsédants.
2. Bas du dos, les reins.
3. Abattements moraux dus aux regrets.

vagues de mer sur les ressacs[1], il partait en voyage, les rêves
650 froissés par le désarroi.

La sécheresse rendait la marche pénible. La soif et la faim faisaient tomber les faibles le long des routes et des pistes. L'herbe fanait sous leurs pieds. Le sol brûlait les orteils. Le soleil vif séchait la peau. La chaleur des sables montait le long du corps
655 jusqu'au sommet du crâne.

Le désert, ocre, à perte de vue, sur le ciel livide, les hantait, les pourchassait de ses privations.

Ils s'éloignaient, abandonnant derrière eux l'immense mer de sable dont le vent charriait de grandes brassées de débris
660 empoussiérés, vestiges de la vie calcinée par le chaos.

Le vent avait labouré le sol, créant des dunes. Leurs terres étant menacées d'ensablement ; les Bantous ne pouvaient plus rien faire.

Le pays avait été secoué par un séisme. Les montagnes
665 s'étaient effondrées. Les lacs, les fleuves et les rivières étaient ensablés. La terre, ébranlée, rassemblait ses mottes, emplissait ses trous pour compenser les failles afin d'assurer l'équilibre et l'harmonie de la symbiose[2].

Nulle part, on ne retrouva de source pour se désaltérer. La
670 détresse était grande. Toutes les merveilles du pays disparurent sous les flammes, les sables et les cendres volcaniques.

L'exode des Bantous se poursuivit des semaines entières et

---

1. Retours violents des vagues.
2. Association de plusieurs éléments qui s'apportent mutuellement quelque chose.

s'avéra pénible. Les rayons solaires creusèrent des passages scintillants entre les volutes[1] des nuages.

675 Djer, éprouvé mais confiant, décida d'assurer la pérennité des traditions sacrées de la tribu.

Ses craintes augmentèrent. Sa peur s'aggrava.

Il quittait le pays sinistré, désenchanté. Devenu guide de son peuple, il traversa avec lui la mer de sable.

680 Le fils du grand prêtre erra dans le désert, le cœur angoissé et l'âme confuse. Les rayons du soleil brûlaient ses pieds. Le paysage était décadent, inabordable. Au loin, le Nil luisait comme un serpent parmi les mirages du désert.

Le jeune chef entendait des appels à travers le vent, qui 685 n'étaient qu'illusions. Il marchait avec impatience, soucieux de trouver une terre de paix.

Il rêvait d'un royaume prospère surgi des sables du désert.

Soudain, une voix au fond du ciel dit :

– Djer, en toi s'élève la flamme de l'éternité, le soleil des 690 destinées pour les hommes. L'Égypte est ta terre promise. Que la race bantoue s'y installe, comme un peuple élu !

Djer écouta en silence et reconnut la voix d'Isis.

Malgré le drame, les souffrances et les épreuves, Kâ, seul survivant de Sowan et d'Amon, et ses proches refusaient la fuite. 695 Une nuit, il éprouva une étrange sensation. Insomniaque depuis le début du déluge, il s'inquiétait. Son cœur tourmenté,

---

1. Enroulements en spirale.

son esprit révolté, il sentit subitement son corps entrer en transe. Un appel venu des étoiles le fit soudainement sursauter.

Et Amon de lui révéler :

700 – Mon esprit immortel est en toi ! Il est en chaque être, mais aussi en chacun des dieux qui m'ont trahi. La terre bantoue où l'homme a vu le jour ne sera plus qu'un désert de sable. Nulle civilisation grandiose n'y sera plus possible. J'ai détruit les merveilles que j'y avais créées pour qu'à jamais la vanité[1] humaine 705 disparaisse de ces lieux. Mais je vais être magnanime et juste. Je mets à ta disposition ma barque solaire. Tu partiras en Égypte, terre promise à tes fidèles, pour reconstruire un nouveau royaume. Si, un jour, tes descendants me reniaient encore, je les maudirais. Ils perdraient l'Égypte et verraient détruites les 710 œuvres de leur fierté bantoue pour devenir à jamais un peuple d'errants.

Kâ embarqua les proches, les espèces animales et végétales encore disponibles dans la barque d'Amon et, des heures durant, ils survolèrent la mer des feux et des sables vers une des-715 tinée annoncée. Les convulsions[2] alentour effrayaient les passagers. De sa barque céleste, Kâ observa la tempête de sable engloutir toute la ville, ses richesses et ses habitants.

L'esquif[3] avançait sur les flammes impétueuses, dans un équilibre fragile. Les sables, en dunes mouvantes, la faisaient

1. Orgueil.
2. Agitations violentes.
3. Petite embarcation.

glisser sur eux pour ensuite l'élever sur leur crête. Sous les secousses, elle trembla et l'agitation gagna tout le monde.

Le vent souffla avec force, soulevant des masses plus hautes que la frêle embarcation.

Des éclairs zébraient le ciel, puis un tonnerre éclata avec fureur. Le fracas secoua les cœurs fragiles.

La barque dérivait au gré des courants. Emportée et ballottée, elle tangua, éprouvée par l'ardeur de la nature.

À la lumière de l'orage, on voyait illuminés les corps brûlés, parmi les épaves. Les hommes, les animaux et les plantes luttaient dans l'incertitude.

Au loin, le sol se creusa. Des masses de flammes plus hautes menaçaient. Il fallait résister et empêcher la barque de chavirer. Une énorme boule de feu se forma, tourbillonnant, comme aspirée par les nuages. Soudain, elle tomba du ciel et se disloqua sur la terre proche.

Les étincelles jaillirent comme des étoiles. Des braises tombaient çà et là. Le sable et le feu débordaient, passaient par-dessus, effleuraient les visages. L'odeur du sable brûlé irritait les narines.

L'équipage, ébloui par les éclairs, effrayé par le fracas du tonnerre, s'accrochait aux cordes. Il voyait avec frayeur la lave volcanique passer par-dessus bord.

Les voyageurs, longtemps perdus dans un nuage de sable, de feu et de fumée, virent surgir soudain une lueur d'espoir. Un arc-en-ciel à l'horizon annonçait la fin du cauchemar.

Le voyage était long et difficile. Kâ arriva dans la vallée du Nil peuplée de papyrus, de sycomores[1], de palmiers, de manguiers, de goyaviers et de lotus. Il déposa tous les passagers sur les rives désertes. Le jour se levait. Le soleil déchira les nuages, le ciel s'apaisa, la terre se rafraîchit. C'était l'une de ces matinées aux lumières vives et éblouissantes. Le ciel, d'un bleu d'océan s'étalant vers l'infini lointain, fixait sur le sol les fragiles esquisses d'ombres agiles. Les hirondelles planaient entre les palmiers.

Kâ, le Pharaon, avait conscience de sa mission. Au-delà des souvenirs de la cité de Dieu, il avait un pays à bâtir et un peuple à rééduquer. Que restait-il dans sa mémoire de la ville des splendeurs que Dieu érigea lui-même pour ensuite la détruire et la remplacer par le désert ?

La pensée perdue dans le futur lointain, Kâ cherchait, au fond de son âme, le chemin de sa destinée. Soudain, à l'horizon, apparurent Djer et les survivants de l'hécatombe[2]. Intelligent, Djer avait une finesse d'esprit exceptionnelle. Il avait emmené avec lui un nombre considérable de savants, d'architectes, de scribes, de médecins et de prêtres d'Amon. Unis, les deux hommes se mirent au travail. Ils construisirent, au bout de plusieurs semaines, une ville nouvelle. D'autres survivants devaient venir, des gens fort doués et des bâtisseurs.

Le Nil s'éloigna, dénudant les rives. Surgirent alors, sous les

---

1. Arbres proches de l'érable.
2. Massacre.

770 rayons du soleil, des obélisques, des sculptures fabuleuses, des palais splendides et des temples somptueux à la mémoire d'Amon…

Ainsi naquit l'Égypte des Pharaons.

À présent, le vieux scribe doit décharger sa mémoire, 775 reprendre aux vents le secret des paroles indiscrètes et remettre à la rivière les ondes destinées à l'esprit des mers…

BIEN LIRE

LE PHARAON ET LA BARQUE SOLAIRE

- **Est-on surpris de découvrir que Sowan est la compagne d'un dieu (p. 9-11) ?**
- **Pourquoi le devin est-il aussi bouleversé selon vous (l. 160-180) ?**
- **Que vous évoque le nom « Lion de Kerma » (l. 214) ?**
- **Les hommes et les femmes sont-ils effrayés par le discours que tient Sowan (p. 30) ?**
- **À quoi fait penser l'image de l'arc-en-ciel (l. 745) ?**

Le Pêcheur et la Sirène

Qu'elle était belle, la nuit de pleine lune !

Les lucioles[1] emplissaient les champs. Les arbres gémissaient et chantaient sous le vent. Sur les eaux, les libellules exerçaient leur danse extatique[2] en filigrane[3] des lumières évanescentes[4].

Près des rives ensablées de l'océan, un village à perte de vue abritait un pêcheur qui n'avait pas beaucoup de chance. Chaque fois qu'il se rendait à la pêche, il rentrait sans un seul poisson et devait affronter les enfants moqueurs qui s'esclaffaient devant sa pirogue vide.

L'homme commença à s'inquiéter, se croyant victime du mauvais sort.

Un jour, il s'embarqua en haute mer ; celle-ci, aux vagues emportées par le vent, était imprévisible. Nul ne pouvait deviner l'étrange vertige de ses convulsions[5] secrètes. Elle déchirait les falaises de ses tumultes[6]. Telle une tempête de sable, elle soulevait des vagues si hautes qu'elles pouvaient engloutir des navires. Malgré le mauvais temps, le pêcheur eut la chance d'attraper un petit poisson. Il aurait bien voulu le manger tant il avait faim ; mais le petit poisson le supplia de le laisser vivre ; faveur qu'il ne lui refusa pas.

---

1. Insectes lumineux.
2. Se dit d'une personne qui éprouve un grand plaisir.
3. Que l'on devine, mais qui n'est pas clair.
4. Qui s'effacent petit à petit.
5. Agitations violentes.
6. Agitations désordonnées.

À partir de ce jour-là, le pêcheur ne retourna plus à la mer.

Un soir, après de longs mois sans activité, il eut envie de trouver une épouse.

Il demanda à plus d'une jeune fille de devenir sa femme, 25 mais aucune ne voulut de lui. Les jolies demoiselles disaient qu'il était si pauvre qu'il ne pourrait même pas offrir un pagne[1] à celle qui se hasarderait à l'aimer !

Le malheureux resta longtemps seul, convaincu qu'il ne parviendrait à jamais nourrir une femme grâce à son travail.

30 Un matin, las, il partit à la pêche avec ses filets.

Arrivé au large avec sa pirogue, il les jeta par-dessus bord et attendit jusqu'au soir pour les retirer. Sous le redoutable soleil des tropiques, la mer, roulant ses eaux tumultueuses, tendait ses vagues cristallines[2] vers le ciel, tels des bras aspirant à atteindre 35 l'infini.

À sa grande surprise, le pêcheur sentit un poids énorme au fond de ses filins[3] et y remarqua un être étrange.

Lorsqu'il l'eut retiré de l'eau, il se rendit compte de sa méprise.

40 Devant lui se tenait une belle sirène aux cheveux noirs frisés, aux admirables yeux de nuit, à l'allure superbe. Sa peau noire et luisante comme celle, très lisse, d'une anguille, était d'une douceur exquise. Ses yeux lui exprimaient une tendresse ineffable[4].

---

1. Vêtement qui recouvre le corps des hanches aux genoux.
2. Transparentes comme le cristal.
3. Filets de pêche.
4. Qui ne peut pas être dite.

Contemplant la belle étrangère, l'âme du jeune homme palpi-
45 tait d'espérance. Il était surpris par sa beauté singulière.

Le pêcheur eut très peur et voulut s'enfuir, mais la jolie sirène l'appela à son secours :

– Ô pêcheur, viens me délivrer de ce filet qui m'étouffe, et je te donnerai tout ce que tu désireras.

50 À cet appel, l'homme, hésitant, revint sur ses pas.

La merveilleuse sirène lui proposa de l'or et des diamants en échange de sa liberté. Le pêcheur, pensant à son célibat, insista pour qu'elle l'épouse :

– Si tu promets, une fois libre, de devenir ma femme, je te
55 délivrerai, précisa-t-il fermement.

La reine des mers accepta, à la condition qu'il s'engage à ne plus jamais manger de poisson. L'homme jura avec joie qu'il respecterait sa parole.

– Je te le promets, assura-t-il.

60 Éprouvé par de longues années de solitude, le pêcheur consentit à prendre cet engagement au sérieux.

– Dorénavant, tu seras à moi et je serai tienne pour l'éternité, lui dit-elle avec ferveur.

Ravi, le jeune fiancé voulut emporter la superbe sirène dans
65 ses bras, pour la ramener chez lui. Comme tout cela était inattendu pour elle, la jeune beauté exigea de retourner, d'abord seule, dans son pays, revoir ses parents, afin d'obtenir leur bénédiction :

– Je ne peux pas t'accompagner dans ton village, mais je te
70 donnerai ma bague, que tu passeras à ton doigt. Grâce à elle,

mon cœur t'appartiendra. Je retournerai auprès de ma famille jusqu'au jour de notre mariage.

À ces mots, le pêcheur délivra la sirène qui, à son tour, lui passa au doigt une merveilleuse bague d'or sertie d'émeraudes, 75 avant de disparaître dans les eaux profondes aux reflets scintillants.

Le pêcheur, ému, observa les dernières bulles d'air crever à la surface de l'eau, éclatant comme dans un rêve. Soudain, une voix issue des profondeurs océanes s'éleva :

80 – Fils de l'homme, ce jour est pour toi le présage d'une vie heureuse. Prends tes filets et rentre chez toi où une nouvelle vie t'attend.

C'était une voix de femme.

Sans savoir ce qui lui arrivait, il rentra chez lui, l'esprit rêveur 85 et le cœur espérant.

Le soleil pénétrait l'âme marbrée[1] des nuages de ses rayons argentés et versait sa lumière pâlissante sur la savane rousse de la saison sèche.

Dès qu'il fut assis dans son fauteuil d'ébène[2], le jeune 90 homme s'endormit. Le silence régnait dans le village. Peu à peu, un étrange chant de femme vint bercer son esprit. Surpris, il s'éveilla dans un merveilleux palais qui ne lui était pas familier. Il sursauta, inquiet. Petit à petit, il se rappela ce que la sirène lui avait dit avant qu'il ne la quitte : « Tu seras riche, comblé. » Il

---

1. Montrant des taches de couleurs différentes.
2. Bois exotique noir très solide.

95 vit sa maison se transformer en un château de marbre et d'or, ses meubles en or s'orner de diamants et de rubis, et, à côté, lui apparut une malle emplie d'or et d'argent.

Il explosa de bonheur et commença à compter sa fortune et à s'enorgueillir de son trésor.

100 Le village accourut à la vue de sa somptueuse demeure, avide de connaître son secret.

Les curieux se bousculaient les uns, les autres, émerveillés. Un murmure d'étonnement et d'admiration circulait parmi la foule amassée dans les environs. Un jardin, aux fleurs d'une 105 beauté magique, entourait le palais. Sous le ciel, des brises légères filtraient à travers les branches et adoucissaient l'atmosphère.

Devenu très riche, le jeune homme prit quantité de personnes à son service.

110 Peu de temps après, la sirène, qui pensait toujours à sa promesse, décida d'aller rendre visite à son fiancé. Elle échangea, pour l'occasion, ses nageoires contre de jolies jambes féminines. Elle s'habilla d'une superbe robe longue faite d'or fin et de brillants. Ses vêtements en or et en cristaux n'étaient jamais 115 mouillés par les eaux.

Cette nuit-là, elle sortit de l'onde, sous les reflets argentés de la lune, des gouttes d'écume[1] perlant sur son corps d'ébène.

Le ciel et la mer à l'unisson[2] formaient, autour d'une telle

---

1. Mousse blanche due à l'agitation d'un liquide.
2. Ensemble.

beauté, un somptueux écrin de nacre. Elle apparut au pêcheur,
120 telle une perle noire.

Elle donnait l'impression d'être une déesse en habit de lumière. Adorable créature, elle arborait une allure divine. Elle avait un regard pénétrant, une peau douce couleur de bois vernis, une voix rassurante et apaisante de tendresse.

125 L'homme fut bouleversé par sa fraîcheur et, ensemble, ils passèrent une délicieuse soirée, à l'issue de laquelle ils fixèrent la date du mariage.

Un mois plus tard, tous deux s'unirent lors d'une grandiose cérémonie. Ils vécurent, dès lors, heureux des années durant.

130 La belle était d'une fidélité inviolable. Sa passion indomptable, insensible aux obstacles du quotidien, était à l'image de ses ambitions. Son bonheur secret tenait dans la force irrésistible de son amour.

Elle se voua corps et âme à son mari, qui la vénérait à l'égal
135 d'une déesse. Elle était pour lui un soleil qui berçait ses jours et ses rêves. Longtemps, ils connurent une existence paisible.

Un jour, le pêcheur, ayant trop bu d'alcool de maïs, passa aux confidences.

Il révéla à son meilleur ami que le jour où il mangerait du
140 poisson, son bonheur s'anéantirait, car sa femme était une sirène.

Le confident, après avoir juré de se taire, s'en alla confier la nouvelle à sa femme, qui ébruita l'affaire.

L'ayant appris, une jeune fille du village très ambitieuse

décida de lui faire rompre son serment, afin qu'il perde son épouse.

Elle le convia à un repas dans lequel elle dissimula du poisson, afin qu'il soit libre et qu'elle puisse à son tour profiter de son amour et de sa fortune.

Sitôt eut-il avalé une bouchée que la sirène, le palais et tous ses joyaux disparurent à tout jamais.

Seul, abandonné par le bonheur et la fortune, le pêcheur, perdu par sa gourmandise, offrait peu d'intérêt pour la jeune fille.

Par sa naïveté, il avait perdu celle qui l'avait aimé pauvre et il ne serait pas aimé non plus par celle qui l'avait aimé riche.

La belle sirène, blessée et meurtrie, pleurait encore son amour perdu. Exilée dans son royaume aquatique, elle en souffrait.

Ignorant tout de la profonde douleur de celui à qui elle était restée à jamais fidèle et qui n'avait jamais aimé qu'elle de tout son cœur, elle revenait encore au bord de la mer, chaque soir, entonner son merveilleux chant dont le charme mélancolique captivait et faisait pleurer plus d'un navigateur.

Un matin, le pêcheur alla sur la vaste mer, cherchant en vain le pays de sa femme. Son courage était son espérance, sa force était son amour.

Leur chance, comme une étoile perdue derrière les nuages, allait peut-être revenir.

Ses tentatives pour la retrouver restèrent vaines.

La belle, craintive, attendait chez ses parents que les choses s'éclaircissent.

La jeune femme du village, aigrie[1] de n'avoir pas épousé son riche voisin, était triste et chagrinée. Dans un village redevenu pauvre et sinistre, elle se sentait coupable. Errant d'homme en homme, découvrant l'horreur de la trahison, elle souffrait d'une grande solitude. Néanmoins, elle regrettait ses caprices, ses menées[2] et ses intrigues. Rien ne la consolait.

En attendant le repentir, elle se morfondait[3], l'âme pleine de tourments. Elle souffrait du scandale qu'elle avait provoqué et pleurait tout le temps pour ce qu'elle avait fait. Déprimée, elle s'en alla seule en haute mer. Elle voulait se noyer. En pirogue, elle pagayait. La plage s'était progressivement éloignée. Elle ne l'apercevait plus.

Les vagues se déchaînèrent soudainement.

À l'approche de la tempête, elle trembla. Les tourbillons l'effrayaient. Elle, qui voulait se laisser mourir, éprouva subitement l'envie de vivre. Elle souhaitait maintenant rebrousser chemin, revenir sur la terre ferme pour retrouver son équilibre.

Par moments, des dauphins émergeaient de la tourmente, parmi des requins.

La pirogue se bouscula à la force de la tempête et se brisa sous le choc du vent. Effrayée, la jeune femme hurlait de peur. Elle serra une épave de la barque, s'y accrocha désespérément en se mouvant dans les hautes vagues. Sa silhouette flottait, sombre, parmi les dauphins qui l'effleuraient.

---

1. Marquée par la déception, le regret.
2. Machinations malveillantes.
3. S'ennuyait et éprouvait du chagrin.

Elle se débattait de toutes ses forces. Elle s'obstina longtemps encore, restant accrochée à l'épave. Les débris épars[1] heurtaient ses flancs, ses membres, sa tête, et se mêlaient à ses cheveux. Elle apparaissait et disparaissait sous les flots tumultueux.

Un dauphin, ayant entendu son cri de détresse, s'empressa de la sauver de la noyade.

Les sirènes, volontaires, vinrent aussi au secours de la naufragée. Une fois à sa portée, elles prirent soin de la protéger des vagues, des requins et des vents violents. Dans les vagues hautes, grondantes et sauvages, elles nageaient, empressées. Elles conjuguèrent leurs efforts pour l'emporter au loin.

À perte de vue, la plage rayonnait. Les sirènes, accompagnées par les dauphins, envisagèrent de l'y déposer.

Leurs mains douces et chaleureuses surent la guider à travers les remous. Maintenant sa tête hors des eaux, elles traînèrent la noyée jusqu'à la rive couverte de cocotiers. Là, elles la ranimèrent, dans un élan de générosité.

L'air chaud sous les cocotiers éveilla les souvenirs de la belle naufragée. Elle regarda autour d'elle, le regard timide, mais surpris. Elle observa les sirènes avec étonnement. Interdite, elle s'arracha lentement de son silence.

Une fois hors de danger, l'étrangère se confia à celles qui l'avaient sauvée :

– Je voulais me laisser mourir afin de soulager mon cœur de ses tourments. J'ai été méchante et égoïste. Je suis à l'origine de

1. Dispersés.

220 la disparition de la femme de mon voisin, que je convoitais tant. Je voudrais que vous me pardonniez.

– Vous pardonner, mais à quel sujet ?

– Voyez-vous, commença-t-elle, j'ai fait échouer le mariage de mon voisin avec une sirène. Je voulais les séparer pour qu'il 225 m'épouse. Malheureusement, cela n'a pas marché. Le pauvre, à qui j'avais discrètement donné à manger du poisson, a perdu sa femme et tous ses biens. J'en ai honte ! Chaque fois que j'y pense, je m'en veux. Voilà pourquoi j'ai voulu me laisser mourir.

– Nous n'avons pas de reproche à te faire. L'important, c'est 230 de rester en vie, de reconnaître ses torts pour ne plus refaire les mêmes erreurs. Maintenant, rentre chez toi. Nous essayerons d'arranger les choses.

Les sirènes restaient interdites. Cette histoire ressemblait étrangement à celle vécue par l'une de leurs sœurs.

235 Elles regagnèrent leur royaume pour rapporter leur aventure. Elles imaginaient la confusion qui résultait du départ de leur sœur aînée.

Informée des malheurs de son mari, la sirène, nostalgique, abandonnée à elle-même, devint triste. Rêveuse, elle se mit à 240 penser à lui.

Au bout d'une longue réflexion, elle choisit de donner une nouvelle chance à leur union.

Elle comprit qu'ils étaient victimes d'un malentendu.

Après maintes[1] hésitations, elle reprit confiance.

---

1. De nombreuses.

Raisonnable et convaincue de son innocence, elle s'en alla le rejoindre en haute mer, sur le lieu de son travail.

La belle invita en toute quiétude son époux à descendre dans son royaume sous la mer afin d'y vivre éternellement, avec l'assurance que plus personne ne viendrait troubler leur bonheur. Ensemble, ils traversèrent un moment de pardon, d'amour et de réconciliation.

Leurs cœurs, depuis, connaissent une délivrance certaine.

Le pêcheur disparut en haute mer, sans emporter sa pirogue. Ceux qui la retrouvèrent rapportèrent au village la nouvelle de sa mort, jamais prouvée.

BIEN LIRE

LE PÊCHEUR ET LA SIRÈNE

- **Comment le pêcheur obtient-il de la sirène qu'elle accepte de l'épouser (p. 44) ?**
- **Quel gage lui donne-t-elle de cette promesse (p. 44-45) ?**
- **Pourquoi le pêcheur confie-t-il ses secrets (p. 47) ?**
- **Comment qualifier l'attitude de la jeune fille du village (p. 47-48) ?**

Les Marchands d'illusions

C'était un vibrant orage ! L'orage sonore qui scintille dans le ciel et qui dessine ses éclats au fond des yeux.

Une calebasse[1] d'eau et un sac à provisions en bandoulière, un homme fatigué et mouillé s'acheminait sur une route 5 abrupte. Il fallait enjamber les flaques et marcher en évitant les trous et les serpents. Il avait toujours vécu des tours divers qu'il jouait aux gens.

Il désirait désormais devenir un honnête fermier. Seulement, il n'avait pour toute richesse qu'un biquet. Il lui fallait mainte- 10 nant trouver une chèvre pour former un troupeau.

Ce jour-là, il s'en alla voir un vieux sorcier que son voisin lui avait recommandé et lui exposa ses souhaits.

– Je voudrais devenir éleveur, mais je ne possède pas assez d'argent pour acheter des bêtes… Demain s'ouvre le marché. 15 J'ai besoin de ton aide pour me procurer une chèvre.

– Eh bien, je crois qu'il est possible de te satisfaire, si tu m'apportes la barbe de ton bouc.

L'homme retourna vite chez lui couper la barbe de son bouc et il rapporta les poils au sorcier.

20 Celui-ci prit la touffe de poils en mains et, la mélangeant avec les ingrédients de sa marmite magique, la changea en un jeune bouc qu'il donna au fermier.

---

1. Gros fruit d'un arbre souvent utilisé comme récipient.

– Voici l'animal que tu échangeras contre une chèvre au marché du village voisin. Mais, fais attention ! Mon fétiche ne
25 supporte pas l'eau ! Sinon, il ne fera plus d'effet. Arrange-toi pour parvenir à la place du marché sans traverser un seul cours d'eau.

Le marchand remercia beaucoup le sorcier et lui donna volontiers du vin de palme[1], que celui-ci accepta pour prix de
30 son service.

Dans un autre village, tout proche, un autre homme, considéré comme un virtuose[2] en art d'illusions et qui voulait aussi avoir un bouc, prit la même initiative.

Il pensa donc à la même astuce pour tromper quelqu'un au
35 marché en échangeant une ombre de chèvre contre un bouc.

Le jour du marché venu, l'homme était arrivé tôt au marché et avait repéré une superbe chèvre. Il entreprit d'aborder le propriétaire et de négocier la vente.

Il adressa la parole au marchand et lui dit que sa bête lui plai-
40 sait, bien qu'un peu petite et un peu maigre, mais qu'il l'échangerait bien volontiers contre deux poules.

– Que veux-tu que je fasse de deux poules ? lui répondit celui-ci.

– Tope là, avec un bouc de plus, répondit l'amateur, et que
45 c'en soit fini.

Les deux hommes se mirent donc d'accord et décidèrent

1. Vin fait à partir du palmier.
2. Être très doué.

d'aller boire un verre, ensemble, à la terrasse d'un marchand de vin de palme, à l'ombre du soleil qui les cuisait à point.

Chacun des deux négociants se présenta avec son bien. Ils ne se méfièrent pas. L'un proposa l'échange à l'autre, qui l'accepta avec plaisir.

Ils venaient comme tous les paysans, chaque semaine, à la ville la plus proche, et étaient émerveillés par le spectacle qui s'offrait à eux.

Les hauts palmiers plongeaient dans le bleu du ciel, les sentiers étroits drainaient[1] un flot continu de zèbres, de chèvres, de vaches et d'attelages surchargés de grappes de voyageurs.

On disait même que le cortège des marchands étrangers arrivait à l'autre bout du marché, mais ils ne l'avaient jamais vu.

Chaque fois, ils s'aventuraient un peu plus loin et revenaient dans leur village les yeux emplis de rêve…

Ils avaient découvert les filles venues d'ailleurs, faciles, aimant l'aventure pour un peu d'argent.

Ils en avaient connu de belles, savamment expertes, qui leur avaient laissé de merveilleux rêves au creux du ventre.

Ils aimaient le bruit de la faune, les jeux des animaux sauvages, l'agitation permanente, qui durait même une partie de la nuit.

Là-haut, les beaux quartiers regorgeaient de belles maisons entourées de hauts murs, de magnifiques troupeaux,

---

1. Rassemblaient.

d'habitants riches et somptueusement habillés par de grands tisserands…

Les fêtes se succédaient sans fin et, souvent, les fêtards se déplaçaient en cipoyé, d'un lieu à l'autre, et même en village étranger, pour faire la fête et danser au son de musiciens connus. Là où les femmes étaient plus belles qu'ailleurs et plus soumises aux caprices des hommes.

Et nos deux amis rêvaient, le soir, en revenant chez eux, qui avec son bouc et qui avec sa chèvre…

Ils ramèneraient tous les deux leurs achats à la famille, heureuse de toutes ces richesses.

L'épouse s'émerveillerait devant le nouveau pagne et les enfants se gaveraient de sucreries. Le père admirerait ses bêtes en les enfermant dans l'enclos.

Ainsi se déroulait le marché de la région et la vie des petits marchands. Ils revenaient chaque fois dans le village agité seulement des cris des enfants, de leurs jeux et des beuglements du bétail. La vie était douce dans ce petit village, et notre marchand rêvait aux joies des rencontres avec les inconnus qui venaient en curieux visiter sa contrée.

À midi, les villageois quittaient le marché. Les uns tiraient au bout d'une corde une chèvre, un mouton. Les enfants, derrière, fouettaient d'une branche les reins des animaux, pour hâter la marche du troupeau. D'autres portaient de grands paniers dans lesquels ils transportaient des volailles. Comme eux, les deux marchands d'illusions repartirent chez eux.

Chemin faisant, ils se vantaient, chacun de leur côté, de leur habileté à profiter de la naïveté des autres.

Les rayons du soleil traversaient les cimes, glissaient entre les feuillages, longeaient les collines, les troncs d'arbre, et se posaient en des taches dorées sur le sol tapissé d'herbe sauvage. Çà et là, un champignon pourrissant ou une fleur renaissante.

À mi-course, le marchand de boucs eut envie de laisser brouter l'animal dans une prairie proche.

Le bouc eut à peine avalé une bouchée d'herbe qu'il disparut et ne laissa de lui que sa barbichette !

– Ah ! s'écria la victime, il m'a trompé, le malin.

L'homme, humilié, rentra chez lui, fâché et exaspéré. Là, il retrouva sa femme, confuse et indignée de sa déconfiture[1]. Les pleurs brillaient dans ses yeux. Sa voix tremblait de nervosité. Déçu de sa malheureuse journée, il s'en alla dormir d'un sommeil entrecoupé de rêves atroces.

L'autre marchand, joyeux jusque-là, arriva chez lui avec la chèvre et l'attacha à un corosolier[2] dominant la cour du village. Alentour, l'herbe recouvrait les mangues tombées sous le vent des arbres proches. Il ordonna plus tard à ses enfants d'aller lui donner à boire.

Les enfants, deux fillettes et un garçon, détachèrent l'animal et descendirent à la rivière en courant à ses côtés. Ils avaient l'air enchanté. Pour que la chèvre puisse s'abreuver et brouter, ils

1. Échec.
2. Arbre tropical donnant de gros fruits à chair blanche.

s'assirent près d'un rocher qui surplombait le rivage où venaient mourir en écumes[1] les vagues légères des flots.

Mais, sitôt que la bête eut avalé une première gorgée d'eau, elle disparut, ne laissant rien d'autre que sa queue.

125 Les enfants demeurèrent interdits. De plus en plus étonnés de cette soudaine disparition, ils rapportèrent à leur père les restes de l'animal volatilisé.

– Ah ! le rusé. J'ai enfin trouvé un plus subtil que moi. Mais un jour, je l'aurai !

130 Assis au milieu de ses enfants, la tête dans les mains, le pauvre homme regardait, désolé, la nuit tomber. Il conserva de sa défaite une rancune féroce. Il ne pensait désormais qu'aux moyens de prendre sa revanche.

La semaine suivante, les deux illusionnistes se retrouvèrent 135 dans la foule criarde et agitée par les interminables marchandages. Ils s'étaient disputés, autrefois, et ils étaient restés fâchés, étant rancuniers tous deux.

Sur la place du marché était rassemblée une foule de négociants. Le soleil brillait. Les chiens aboyaient, les poules caque-140 taient et les mères ne cessaient de rappeler leurs enfants égarés dans la masse.

– Si tu insistes pour faire des affaires avec moi, dit le premier, je voudrais un animal original contre ma chèvre ; mais attention, celui-ci ne doit être ni un mâle, ni une femelle !

---

1. Mousses blanches dues à l'agitation de l'eau.

145 – D'accord, faisons l'échange, répondit le second, mais à une seule condition : tu vas m'apporter ta contrepartie chez moi, au village. Et lorsque tu viendras, ne viens ni le jour, ni la nuit !

Ils se quittèrent, chacun les mains vides.

Il paraît qu'ils ne se sont jamais revus !

BIEN LIRE

LES MARCHANDS D'ILLUSIONS

- **Pourquoi le premier homme du conte veut-il devenir honnête ?**
- **Quelle est la partie du bouc qui reste ?**
- **Quelle est la partie de la chèvre qui ne disparaît pas ?**

Les Trois Prétendants

Les villages s'éveillaient dans le silence de l'aube. Le ciel serein se dépouillait des brouillards du matin.

Ce jour-là, trois prétendants – un forgeron, un pasteur et un griot – aspiraient chacun à prendre pour épouse la fille de 5 l'homme le plus riche du pays, dont la beauté et la grâce n'avaient de pareilles que l'attention de son père.

Ce dernier, très soucieux de l'avenir de son enfant, veillait sur le choix de son futur gendre. Aussi était-il devenu malin, rusé et futé à l'égard des aspirants. Ainsi, on l'avait vu user de bien 10 des astuces pour surprendre les candidats ; mais la plus belle histoire est celle où il avait si bien su mettre à l'épreuve la sincérité de trois des soupirants de sa fille et réserver à celle-ci un conjoint idéal.

Un jour, il advint que trois fiancés désiraient épouser la belle 15 demoiselle.

Ils firent chacun valoir leurs mérites.

Le griot vint chaque soir raconter une merveilleuse histoire et présenter ensuite un récital en s'accompagnant d'instruments de musique les plus variés : lyres[1], mandolines[2], xylophones, 20 kora ou likembe[3].

Le pasteur fit preuve de son dévouement en apportant chaque jour des cadeaux de valeur inestimable : tantôt une

1. Instruments de musique à cordes.
2. Instruments de musique à cordes, proches de la guitare.
3. Instrument de musique africains.

perle, tantôt un collier en or, tantôt un pagne[1] brodé d'émeraudes, d'or et de diamants.

25 Le forgeron, quant à lui, offrit ses meilleures réalisations d'orfèvrerie et d'argenterie à la famille de la jeune fille. Celle-ci, qui les aimait tous trois également et ne savait comment s'y prendre pour ne faire aucun mécontent, s'en remit à la sagesse de son père, qui trouva une idée originale, et dit aux postulants :

30 – Vous allez m'apporter chacun votre dot[2]. Celui de vous trois qui me fournira en preuve de son attachement quelque chose de mieux que les autres aura ma fille.

Les fiancés en furent contents.

Ils s'en allèrent ainsi à la quête de ce qu'il y avait de superbe, 35 de beau et de magnifique.

Le forgeron choisit d'apporter un diamant brillant et beau comme on n'en avait jamais vu au monde.

Le griot offrit une belle maison de marbre avec un mobilier en or massif qu'il avait hérité de ses parents.

40 Quant au pasteur, il fit ériger, pour le culte des ancêtres de l'éventuelle belle-famille, une éblouissante cahute[3] d'offrandes aux mânes[4] ancestrales dont les murs et le toit étaient faits en cuivre gravé et les colonnes en bois d'ébène serti d'or rouge, alors que, dans tout le pays, ces huttes étaient faites de paille, 45 de bois ordinaire et de terre argileuse.

---

1. Vêtement qui couvre le corps des hanches aux genoux.
2. Biens apportés par une femme à son époux lors du mariage.
3. Hutte.
4. Esprit des ancêtres.

Après avoir tous apporté leurs présents, ils fixèrent en commun la date à laquelle ils reviendraient chez le futur beau-père pour savoir lequel d'entre eux serait désigné pour le mariage. Après quoi, ils s'en allèrent, chacun de leur côté.

50 Le délai écoulé, ils revinrent tous les trois chez les parents de la jeune promise. Ce jour-là, ils trouvèrent une veillée mortuaire.

Immobile, livide, la jeune fille était étendue sur un lit noir. Toute la maison était en deuil.

55 Leur hôte, aux traits marqués par une profonde tristesse, vint les accueillir.

– Que s'est-il passé ? questionna le griot.

– Ma pauvre fille, face au choix qu'elle devait faire entre vous trois, a préféré se donner la mort afin de n'épouser aucun 60 d'entre vous. Je voudrais savoir, maintenant, ce que nous allons faire des dots et présents que chacun de vous m'a fournis, dit le père de la pauvre disparue.

– Pour moi, fit le forgeron, il n'y a pas mille solutions. Remboursez-moi tout ce que j'ai apporté !

65 – Moi aussi, renchérit le pasteur, je désire récupérer tout ce que j'ai remis afin d'obtenir la main de votre enfant.

– Quant à moi, intervint le griot, je ne désire aucun remboursement. C'est la femme que je voulais plus que tout au monde. Puisqu'elle est décédée, je veux lui rendre un dernier 70 hommage : bâtir un mausolée[1] de marbre en sa mémoire. C'est

1. Monument funéraire.

la seule faveur que je vous prie de m'accorder en foi de son amour et du mien.

Sitôt eut-il prononcé ces mots qu'une voix jaillit du silence :

– C'est toi que je veux épouser !

75 La belle et ravissante demoiselle sortit de son lit et vint embrasser le griot, sous les applaudissements et les déchirants cris de joie de la foule présente.

Les deux autres prétendants, honteux et humiliés, s'en allèrent, fort déçus.

80 Le soir même, les fiançailles furent solennellement annoncées.

Les tam-tams, les madimbas[1] et les mandolines firent retentir dans l'air paisible de l'aurore tropicale une musique d'une harmonie et d'une douceur exquises.

85 Les fiancés, leurs mains unies, furent bénis par le prêtre coutumier du village, dans l'allégresse[2] populaire.

1. Instruments de musique à percussion.
2. Joie.

BIEN LIRE

LES TROIS PRÉTENDANTS
- **Pourquoi la jeune fille laisse-t-elle son père décider pour elle de son mariage ?**
- **Qu'est-ce que le père a réussi à prouver par son tour ?**

La Petite Fille ensorcelée

Le soleil au couchant était noyé dans les nuages. Un brin de braise céleste témoignait de son éloignement. La saison sèche avait déshabillé les arbres, les monts étaient dégarnis et les rivières souffraient de sécheresse. Les maisons, au-dessus de la 5 vallée, étaient blanches.

Un laboureur vivant sur les hauteurs de la colline avait une fille très belle ; si belle que sa voisine, une vieille sorcière affligée de filles très laides, en fut jalouse et jeta sur elle un mauvais sort.

10 La petite fille tomba malade aussitôt.

Les guérisseurs, les féticheurs[1] et les médecins accourus du monde entier essayèrent sur elle tous leurs remèdes, en vain. Personne ne pouvait dire de quoi elle souffrait. Sa maladie était une véritable énigme.

15 Le vieil homme ne savait plus à qui s'adresser. Ses plaintes n'étant jamais entendues par les esprits, il n'espérait plus de miracle. Seule la mort de l'enfant aurait pu, dès lors, soulager ses tourments.

Jour et nuit, il priait Dieu de lui porter secours. En secret, il 20 attendait un guérisseur qui oserait bousculer les mystères de la destinée.

Un soir, un voyageur harassé[2] vint demander asile au père

---

1. Guérisseurs ou devins.
2. Épuisé.

éprouvé par le sort de son enfant. De bon cœur, celui-ci l'hébergea pour la nuit.

25 L'invité se rendit rapidement compte du tourment qui arrachait le laboureur à son sommeil pour le jeter dans des prières désespérées.

Le lendemain, il fit de grands efforts pour le consoler.

Le voyageur, résolu et sûr de lui, dit à son hôte :

30 – Votre générosité m'a beaucoup touché. Je voudrais tant vous arracher à la douleur. Priez votre voisine de désenchanter votre enfant. Cela fait, quelqu'un viendra la sauver.

Le voyageur reprit sa route, tandis que le vieil homme se hâtait chez l'ensorceleuse.

35 – Je ne peux pas soigner ta fille, dit la méchante femme, mais je peux en revanche retirer ma malédiction, à une seule condition : trois de mes neveux cherchent en vain une épouse parce qu'on les croit sorciers. Promets-moi qu'une fois ta fille guérie, elle les prendra pour époux.

40 – Ce n'est pas possible, je n'ai qu'une fille ! Je ne pourrai pas satisfaire à tes exigences !

– Si tu veux la sauver, trouve à mes neveux des épouses dignes d'eux !

Le laboureur, très accablé, accepta, après mûre réflexion, ce 45 sordide marché.

Le soir même, l'enchantement disparut. La belle enfant avait repris ses esprits, mais elle gardait en elle l'étrange maladie. Un jour, alors que le laboureur était aux champs, un étranger arriva et trouva sa jeune fille assise, seule, devant la maison.

Elle était malheureuse parce que tant d'années s'étaient écoulées sans qu'elle puisse se joindre aux enfants de son âge et partager leurs jeux.

L'inconnu s'adressa à la fillette :

– Je viens te guérir grâce à mon fétiche[1]. Tu devras, une fois sauvée, m'épouser.

– Aide-moi, je t'en prie, s'écria-t-elle, toute suppliante. Je te promets que je deviendrai ta femme.

La pauvre enfant avait des larmes d'espoir plein les yeux.

L'étranger lui passa une amulette[2] au cou. Le miracle qu'elle espérait venait d'arriver. Maintenant, joyeuse, elle rêvait. Le regard perdu dans le ciel, elle retrouvait dans les nuages une lueur de bonheur. Ses tourments s'apaisèrent. C'en était fini de la nostalgie des longues solitudes. Aussitôt, elle se leva nantie[3] d'une force nouvelle et courut rejoindre son père aux champs.

Elle s'en alla par la forêt, et le trouva en train d'abattre, à coups de hache, un figuier.

À la vue de sa fille, le laboureur tressaillit, surpris. Quel miracle avait bien pu survenir à son insu ? Son enfant se tenait debout, heureuse et en parfaite santé... C'était merveilleux. Son cœur se gonflait de bonheur.

Il abandonna sa hache et serra son enfant dans ses bras.

Après l'avoir rejoint, elle l'entraînait au village. Elle exprimait

1. Objet auquel on attribue des pouvoirs magiques.
2. Objet auquel on accorde des pouvoirs par superstition.
3. Possédant.

sa joie et parlait de l'inconnu aux pouvoirs guérisseurs avec beaucoup d'enthousiasme.

75 Mais quand ils revinrent en toute hâte chez eux pour remercier leur bienfaiteur, celui-ci n'était plus là. Il avait repris sa route vers de nouveaux horizons.

L'espérance était enfin de retour dans le foyer.

Et pour sauvegarder ce bonheur enfin retrouvé, ils s'en allèrent 80 dans un autre pays, espérant échapper ainsi à l'emprise de leur méchante voisine.

Des années s'écoulèrent.

Et la fille fut bientôt en âge de se marier.

Un beau matin, un jeune homme se présenta au laboureur :

85 – Je veux épouser votre fille ! Elle m'a été promise, le jour de sa guérison, par vous et ma tante, votre ancienne voisine.

– Je veux bien vous accorder la main de ma fille, mais à la condition que je l'aie préparée au mariage. Alors, retournez chez vous chercher la dot et, quand tout sera prêt, je vous ferai 90 venir pour les noces.

Les jours suivants, un deuxième, un troisième, puis un quatrième prétendants tenaces, aux passions effrénées[1], arrivèrent au pays et sollicitèrent également la main de la jeune fille auprès de son père qui pensa : « Je suis perdu. Qui sont, parmi ces 95 hommes, les neveux de la sorcière ? Je suis incapable de satisfaire à ces quatre demandes. »

---

1. Très importantes, démesurées.

Malgré lui, il s'adressa au dernier soupirant en ces termes :

– Trois hommes sont venus demander la main de mon enfant ; c'est triste pour vous d'arriver le dernier !

– Je ne viens pas trop tard. Il y a des années, j'ai guéri votre fille parce qu'elle m'avait promis le mariage. Aujourd'hui, j'aimerais qu'elle-même me dise si elle tient toujours à respecter son engagement. Pour la sauver, j'ai usé d'un gri-gri sacré que je ne pourrai reprendre sans mourir et que je ne peux lui laisser si elle ne devient pas ma femme, car sinon c'est elle qui mourrait.

Le père ne savait plus comment s'y prendre.

– Si c'est ainsi, vous épouserez ma fille ! Je tiens à ce qu'elle vive. Retournez chez vous faire les préparatifs nécessaires et, lorsque tout sera prêt, je vous dirai quand vous pourrez venir chercher votre femme.

Le pauvre père ne souriait plus. Il se retrouvait, soudain, projeté dans un passé qu'il croyait révolu. Il sentait leur bonheur familier anéanti. Derrière les paroles de l'inconnu, il pressentait une menace.

L'homme, rassuré, partit.

Maintenant que le cultivateur avait fait des promesses aux prétendants, il était inquiet. Il ne voyait pas comment satisfaire tout le monde. « Je n'ai pas de solution. Je dois aller voir un interprète des astres ; lui seul pourra me conseiller. »

Le matin suivant, il appela sa fille :

– Je ne sais pas quel époux te choisir. Nous devons aller voir l'astrologue.

La jeune fille, consciente de leurs difficultés, accepta l'idée de
125 son père.

Le lendemain, ils s'en allèrent confier leurs tracas au savant, qui était aussi un grand magicien.

Celui-ci les écouta avec attention, consulta ensuite les oracles[1] et déclara :

130 – Apportez-moi une souris, une poule et une chienne, en plus de l'argent pour payer mes services. Je ferai le maximum pour vous tirer d'affaire.

La consultation finie, le père et son enfant rentrèrent chez eux et revinrent le soir même avec les trois animaux qu'on avait
135 exigés d'eux.

Le savant les enferma dans une cabane isolée et donna l'ordre à la jeune fille d'y entrer à son tour. Peu rassurée, la belle enfant fut parcourue d'un grand frisson.

Dans la paillote[2], le maître du savoir prépara une potion
140 magique, en psalmodiant des paroles mystérieuses. Il fit boire le breuvage à la jeune fille, à la souris, à la poule et à la chienne. Avec le fétiche, il les caressa. Ses yeux se posèrent avec insistance sur les quatre êtres qui lui furent présentés. Ceux-ci, hypnotisés par son regard lourd, se rétractèrent dans leur nature frileuse.
145 Le maître de la cérémonie prit une cruche au pouvoir prodigieux. Il la remplit d'eau et d'herbes, et y jeta un parfum préparé par ses soins.

1. Réponses des dieux aux questions des fidèles.
2. Cabane dont le toit est en paille.

Une sourde vibration secoua le récipient. Une vapeur humide et blanche se propagea dans l'air. La cruche craqua et le bruit surgissant les fit tressaillir. Soudain, le fond de la cruche paraissait infini comme un ciel sans fin ou une mer sans abysses.

Une fumée épaisse s'éleva et le sorcier la dispersa, en prononçant des paroles magiques. Une voix, venue du fond des ténèbres, annonça :

– Me voici, grand Nab[1] ! Je suis prêt à vous obéir.

Au même moment, la terre trembla un peu et de la cruche sortit un vieillard si âgé qu'on aurait cru qu'il avait vécu plusieurs siècles. Il avait une longue barbe qui descendait jusqu'au bas du torse et un visage ridé.

C'était un génie bantou que, par tradition, chaque magicien n'appelait que lorsqu'il désirait faire un bon usage de sa puissance surnaturelle en faveur des mortels.

La jeune fille, effrayée, aurait bien voulu prendre la fuite. Mais elle était indispensable à ce mystère et le maître de cérémonie la réprimanda en lui ordonnant de ne pas bouger.

La petite, toute tremblante et les yeux en larmes, se demandait ce qui allait lui arriver. Elle sentit sur elle le regard sévère du maître de la magie. Intimidée, elle baissa les yeux.

– Que veux-tu de moi ? demanda le génie au magicien.

– Je voudrais transformer ces animaux en de belles filles ! Rien ne doit les distinguer de celle qui se trouve à mes côtés.

– C'est peu de chose. Ton désir sera exaucé.

---

1. Celui qui sait.

Le génie jeta une pincée de poudre sur la jeune fille et sur les trois bêtes, qui s'endormirent immédiatement. Il les envoûta et
175 disparut avec elles dans la mystérieuse cruche.

Un craquement subit viola le silence.

Dans le vertige de la magie, le génie les emporta dans le sanctuaire[1] des esprits. Là, il les façonna et les transforma selon les vœux du Nab.

180 En attendant, le magicien répétait de longues incantations[2] et gesticulait, assis sur une pierre noire. À la longue, il devint impatient. Il se leva, nerveux. Il marchait, s'asseyait, rebondissait, allumait sa pipe et fumait nerveusement. Il regardait instamment sa merveilleuse cruche, impatient de connaître la
185 suite des événements.

Il attendait les effets que produiraient ses fétiches. Le laboureur, resté seul dehors, éprouvait la peur du vide.

Au bout d'un moment, la cruche fut agitée comme un ciel ébranlé par les orages. Le génie réapparut, portant dans ses
190 mains quatre filles, semblables en beauté. Elles avaient une même et superbe allure. Il les confia au savant et s'en alla au milieu d'un vacarme épouvantable. Une impressionnante fumée rouge suivit son départ.

Le magicien était fier de sa réussite. Quelles merveilles se
195 découvrirent à ses yeux. Son cœur vibrait de joie.

Satisfait, il déclara :

1. Lieu sacré.
2. Formules magiques.

– C'est très réussi. Elles sont merveilleusement belles.

Les jeunes filles se laissèrent admirer. Elles étaient heureuses de lui plaire.

200 Le savant invita le laboureur à admirer son œuvre. Dès que celui-ci eut franchi le seuil de la maisonnette, il ouvrit grand les yeux, tant il était étonné.

Il vit d'admirables filles, parmi lesquelles il ne reconnaissait plus la sienne. Toutes étaient de beauté égale. Il poussa un sou-
205 pir de soulagement et félicita le sorcier tant il était content. En échange, il le paya avec beaucoup d'or et de diamants. Il serra les demoiselles dans ses bras et les ramena chez lui.

– Me voici heureux ! pensa-t-il. J'ai maintenant quatre filles ! Je vais dès à présent pouvoir donner satisfaction à tous les pré-
210 tendants !

Il ne s'était pas trompé. Le sorcier ne l'avait pas déçu. Désormais, il dormirait en paix. Ce soir-là, la fête fut grandiose, animée des danses et des chants. La famille but et s'amusa jusqu'à l'aube.

215 Les filles s'épanouissaient de jour en jour.

Peu de temps après, le père enthousiaste envoya un messager au premier soupirant. Celui-ci, impatient et content, vint immédiatement chercher sa femme. Le mariage se fit dans la simplicité et à la joie de tous.

220 Le père, satisfait, invita, le soir même, un autre aspirant.

Puis, ce fut au tour du troisième et du dernier fiancé de venir prendre femme.

Maintenant, le cultivateur demeurait seul dans sa grande maison. Heureux, il reprit son travail aux champs.

225 Ses gendres et ses filles lui rendaient la vie gaie et facile.

Quelques années passèrent. Le paysan, éreinté par la vieillesse, décida à l'aube d'un jour de saison chaude d'aller rendre visite à tous ses enfants. Il loua les services d'un piroguier pour le long voyage. La pirogue, pleine de passagers et de 230 marchandises, quitta son port et emprunta le grand fleuve dont les rives étaient couvertes de forêts épaisses. L'embarcation virait sans cesse à travers les vagues et les tourbillons du fleuve, écartant ici et là les écueils[1], les troncs d'arbres morts, les hippopotames, les rochers et les brisants. Des heures durant, ils 235 naviguèrent sous un ciel bleu, ensoleillé et clément. Le soir, avant le coucher du soleil, le piroguier accosta dans une ville lointaine et laissa descendre tous ses passagers sur un rivage couvert de palétuviers[2].

Le laboureur arriva, fou d'angoisse, chez sa première fille. Il fut 240 accueilli avec enthousiasme et resta quelques jours en famille.

– Êtes-vous heureux ? s'informa-t-il un jour auprès de son beau-fils.

L'homme baissa le front, égara son regard vers l'horizon, réfléchit et dit à voix basse :

245 – Oui, nous le sommes, mais, ajouta-t-il, nous avons un problème : notre argent disparaît étrangement dans la maison.

1. Rochers dangereux pour la navigation.
2. Arbres poussant dans l'eau et dont les racines sont aériennes.

Souvent, nous le retrouvons en miettes, donc inutilisable. Chaque fois que nous avons un trésor, c'est pareil. Il finit dans les antres[1] des reptiles. Je crois qu'une souris maligne les dérobe. C'est notre seule source d'ennuis.

Le vieil homme soupçonnait la jeune dame. En l'absence de son époux, elle se transformait en souris et causait inconsciemment les dégâts dont souffrait le couple.

Sage et soucieux de leur harmonie, le vieil homme conseilla :

– C'est une affaire de patience. Chacun de nous a des qualités et des défauts. Les époux doivent s'éduquer mutuellement afin de solidifier le lien sacré du mariage.

Le jour du départ venu, ils se séparèrent. Le père, l'air triste, tourmenté, partit au pays du second gendre. Tout au long du chemin, le silence et la solitude l'éprouvaient. Le pèlerin traversa d'innombrables villages à travers la savane, sous le soleil flamboyant. Il fut, à son arrivée, reçu avec pompe.

Il participa au repas familial et s'informa sur la situation du couple.

– Nous allons bien, assura le beau-fils à son beau-père. Seulement, commenta-t-il, ma femme se comporte comme une poule ! Elle est désordonnée et met de la poussière partout. Elle est vraiment très malpropre.

Depuis leur mariage, son épouse se métamorphosait souvent en poule pour se mêler aux volailles de la cour. Elle s'entendait à merveille avec le coq hardi qui régnait sur la ferme. Dans sa

1. Grottes servant de refuges.

vie conjugale, les plaisirs du poulailler lui manquaient. Et l'ennui engendrait en elle une profonde mélancolie. Elle se vengeait en mettant du désordre.

Ému, le vieil homme éprouva de la peine pour ses enfants. Il n'y avait rien à faire. Il leur suggéra de résoudre leurs problèmes de façon amicale. Il gardait encore l'espoir. Ils étaient difficiles, l'un et l'autre.

Les époux avaient leurs différends et leurs malentendus. Malgré cela, il bénit leur union, serra sa fille dans ses bras affectueux et, son séjour terminé, il s'en alla, soulagé.

Il repartit à pied vers un pays proche, celui de sa troisième fille.

Il marcha sur la route, accablé par la chaleur, contemplant, émerveillé, la nature environnante.

Bientôt, il aperçut une ferme. Les poules, les chiens et les chèvres partageaient les mêmes vastes étendues.

Soudain, il entendit une voix de femme qui lui parvenait de loin. Sa fille était là, courant vers lui pour le recevoir. Heureux de leurs retrouvailles, ils franchirent ensemble le seuil de la maison.

Mais leur enthousiasme ne dura pas longtemps. Sitôt qu'ils eurent bu un premier verre de vin, le gendre s'effondra en larmes.

Le père, très affligé, voulut savoir ce qui se passait.

– La colère de ma femme est comme celle d'un chien ! Elle se dispute avec moi, avec mes amis, avec tout le monde et tous les jours. Elle est comme un chien enragé !

En effet, la femme se changeait souvent en chienne et rejoi-

gnait toute la meute des chiens du village pour s'amuser.
300 Quand elle en avait envie, mais que la présence du conjoint le lui interdisait, elle devenait méchante, colérique et acariâtre[1].

Le vieux, avec sagesse, recommanda à son gendre d'être patient et à sa fille d'être plus douce.

Puis il partit au pays de sa quatrième fille. Là, les enfants vin-
305 rent le recevoir, enchantés. Ils découvraient leur grand-père. La famille entière connut un grand moment d'ivresse. Son gendre s'empressa de lui faire savoir que lui et sa femme s'entendaient à merveille, qu'ils attendaient un troisième enfant. Épris de son épouse qu'il admirait, l'homme avait acquis, grâce à sa compli-
310 cité, une plus grande assurance dans leur bonheur. Le laboureur comprit, par les signes de tendresse, de respect et d'estime du couple, qu'il avait enfin retrouvé sa vraie fille.

Le vieil homme devint tendre, sincère, comblé. Il était porté par l'allégresse[2], dévoué au bien-être de sa lignée.

315 Là, heureux et enthousiaste, il s'amusa avec ses petits-enfants et partagea leurs jeux et leurs disputes jusqu'à la fin de ses jours.

1. Difficile à supporter.
2. Joie.

BIEN LIRE

LA PETITE FILLE ENSORCELÉE

- **La maladie est-elle le seul problème de l'enfant (p. 66) ?**
- **Pourquoi le père décide-t-il d'aller voir l'astrologue (p. 68-69) ?**
- **Où le génie emmène-t-il les trois animaux et la jeune fille (p. 71) ?**
- **Qui le père recherche-t-il en faisant son voyage final ?**

La Corbeille aux arachides

Sous les branches, le soleil avait labouré des clartés éphémères[1]. La clameur des manguiers se mêlait aux cris d'enfants. Les arbres à pain cernaient les maisons du village et se balançaient au vent.

5 Là, vivait un riche marchand de diamants. Il avait trois fils et une fille.

Les trois frères, de très gentils garçons, aimaient rendre service aux gens pauvres. Ils étaient si intelligents qu'ils avaient acquis un grand savoir.

10 Quand on les rencontrait, on avait envie de parler avec eux, tellement ils étaient bien éduqués ; ils avaient toujours quelque chose d'intéressant à apprendre aux autres.

Leur sœur cadette, qui avait une grande admiration pour l'art traditionnel, aimait confectionner des petites corbeilles en 15 herbes tressées, utiles pour apporter les mets à table, jusqu'aux grands paniers en osier, où l'on met les réserves de riz non décortiqué.

Plus que quiconque au monde, elle avait des connaissances en art bantou.

20 La famille était heureuse, certes, mais cela ne devait pas durer.

Un jour, lorsque les jeunes garçons eurent atteint l'âge de se

---

1. Brèves.

marier, ils demandèrent à leur père l'argent nécessaire pour aller, chacun, offrir sa dot.

25 Le marchand, après avoir discuté avec sa femme, donna à chaque enfant l'argent et les biens dont il avait besoin pour trouver une épouse.

Après avoir obtenu ce qu'ils désiraient, les jeunes gens prirent chacun un cheval et ils s'apprêtèrent à partir pour les villages et 30 les villes proches ou lointains, en quête de fiancées. Chacun fit ses préparatifs en nourriture et en eau pour la durée du voyage.

Le lendemain, alors que le ciel était enflammé par les rayons du soleil levant, les trois fils quittèrent la maison familiale.

Ils s'engagèrent dans un sentier traversant une vaste forêt qui 35 s'étendait à la sortie de leur pays.

Il était difficile d'y pénétrer : les arbres étaient serrés, entremêlés de ronces et de hautes fougères tropicales qui arrêtaient encore la marche.

Il y avait des cailloux pointus, des roches et des marécages. 40 Le soleil pénétrait en rayons dorés à travers le feuillage.

Les oiseaux entonnaient un joyeux concert et les trois frères chantaient en chœur avec eux, se tenant par la main.

Ils avançaient péniblement et arrivèrent sur les rives d'un grand lac sur lequel nageaient avec majesté les plus beaux 45 oiseaux d'eau.

Ils s'approchèrent de l'eau et restèrent perdus dans l'admiration de cette beauté enivrante[1].

1. Qui excite les sens.

Fatigués, ils passèrent la nuit au bord du lac.

À l'aube, alors qu'ils s'apprêtaient à partir, voilà qu'un bruit se fit entendre dans les broussailles et il en sortit une bande de jeunes filles très jolies. Les garçons, surpris, s'approchèrent des demoiselles afin de faire connaissance.

Celles-ci eurent très peur de ces apparitions soudaines, mais elles furent vite rassurées car on ne leur voulait pas de mal.

La gentillesse et le grand savoir des jeunes garçons retinrent leur attention à tel point qu'elles furent très vite en confiance.

Ils passèrent tous une agréable journée au bord du lac, se racontant de magnifiques histoires.

Malheureusement, aucune de ces jolies filles ne captiva l'attention d'un des enfants du marchand car, disaient-ils, ils désiraient n'épouser parmi les femmes que celles qui seraient douces, belles et instruites à l'exemple de leur sœur cadette.

Bien sûr, aucune autre fille ne pouvait entendre cela sans se mettre dans une grande colère.

C'est ce qui arriva avec les filles dont ils venaient de faire la connaissance ; bien que douces et belles, elles n'étaient pas instruites.

Ils se quittèrent et les trois frères poursuivirent leur chemin. Ensemble, ils parcoururent divers pays, mais aucun d'eux ne trouva de fiancée à ses goûts.

L'aîné, lassé, retourna auprès de son père et lui dit :

– J'ai fait un long voyage, pourtant je n'ai pas trouvé une femme qui me plaise pour le mariage. Je vais épouser ma sœur cadette.

75 Cela surprit d'abord son père mais, par sagesse, celui-ci l'informa qu'il répondrait trois jours après le retour de ses autres frères.

Un mois plus tard, le deuxième frère revint à son tour à la maison.

80 Il alla immédiatement rendre compte de ses recherches à son père. Il lui avoua qu'il désirait prendre sa sœur cadette en mariage.

Le père lui dit qu'il donnerait sa réponse le troisième jour suivant le retour du troisième frère.

85 Le troisième fils, à la nouvelle lune, revint au foyer.

Bien affligé de n'avoir pas trouvé la femme qu'il désirait, il alla confier à son père que, de tout son voyage, il n'avait rencontré aucune belle fille dont il eût fait sa femme, et qu'il désirait épouser sa sœur.

90 Le père lui signifia qu'il lui donnerait sa réponse dans trois jours.

Le marchand et sa femme furent étonnés du comportement de leurs trois fils. Ils ne comprenaient pas comment trois fils d'une même famille pouvaient ne désirer en mariage que leur 95 propre sœur.

Cela leur donnait beaucoup de chagrin, parce que, selon la tradition, on n'épouse pas sa sœur !

Mais comment le faire comprendre à leurs propres enfants ?

Le bonheur avait disparu du foyer.

100 Au troisième jour du retour de tous les fils à la maison, le père les fit venir autour de lui et leur dit :

– Je n'ai pas besoin de vos dots. Repartez en voyage : chacun doit m'apporter un bien exceptionnel. Celui qui aura le plus de mérite bénéficiera de mon accord.

105 Les jeunes gens repartirent pour le long voyage.

Au bout de trois jours de marche, ils se trouvèrent devant trois chemins différents.

Ils se quittèrent et chacun suivit sa destinée.

L'aîné trouva sur son chemin un marchand de miroirs qui 110 l'interpella :

– Mes miroirs sont uniques. Avec un seul, tu seras capable de voir tous les pays du monde. Prends-en un et jette un coup d'œil.

Curieux, le jeune homme en prit un entre les mains et se mit 115 à observer.

L'objet magique commença à projeter les images de divers pays. Il voyait ainsi défiler devant ses yeux maints[1] royaumes, villes, palais de grands rois, ainsi que les empereurs, les reines et toutes les belles princesses du monde.

120 Son cœur était vraiment si comblé de plaisir qu'il pensa à visiter tous ces beaux pays plutôt que de rentrer chez lui épouser sa sœur cadette.

Il était toujours en train de contempler le miroir au moment où apparurent son père, sa mère et sa sœur. Ils étaient tous chez 125 eux : son père travaillait au jardin, sa sœur tissait des pagnes[2] avec du raphia et sa mère faisait la cuisine.

---

1. De nombreux
2. Vêtements qui couvrent le corps des hanches aux genoux.

En voyant ces images dans la glace, son cœur en fut brisé de chagrin. Il demanda combien coûtait la marchandise et il l'acheta avec tout l'argent de la dot.

Puis il partit.

Le deuxième garçon marcha plusieurs jours et rencontra, sur le marché, un vendeur de nattes.

Celui-ci lui proposa d'en acheter une, mais le fils du marchand se demandait à quoi pourrait bien lui servir cet objet.

– Ma natte est un arc-en-ciel déguisé. Elle s'envole dans les airs aussi vite qu'un oiseau. Si tu me l'achètes, elle t'emportera dans le monde entier. Elle te permettra de rencontrer des hommes de races différentes, des peuples, des religions, des coutumes variés pour ton savoir et ton éducation.

– À quel prix me la proposes-tu ?

– Mon arc-en-ciel vaut plus que le prix d'une dot, mais je te le donne pour ce que tu as sur toi.

Le jeune homme, très content, remit l'argent au marchand de nattes, puis s'assit sur l'arc-en-ciel, qui s'envola comme par enchantement.

Le troisième fils, après des jours de voyage, trouva à son tour un marché où l'on ne vendait que des colliers sertis de diamants.

– Mon collier magique, dit le vendeur, est un trésor qui guérit de toutes les maladies et ressuscite les morts qui ne sont pas encore enterrés.

Après avoir convenu du prix, le jeune homme paya et s'en alla. Le jour du retour venu, les trois fils du marchand de diamants se retrouvèrent au lieu de rendez-vous.

Ils étaient tous enchantés de leur voyage et disaient que cela
155 avait été merveilleux.

L'aîné demanda à ses jeunes frères :

– Qu'avez-vous découvert ?

L'un d'eux raconta :

– J'ai acheté un arc-en-ciel qui s'envole comme un oiseau.
160 Partout où je voudrai partir, il m'emmènera très vite.

Et l'autre d'enchaîner :

– Je me suis procuré un collier d'or orné de diamants qui ressuscite les morts.

Étonné, l'aîné leur annonça à son tour :

165 – J'ai trouvé un petit miroir grâce auquel je vois tout ce qui se passe sur la terre, même dans les endroits les plus cachés.

Curieux de sa trouvaille, les deux autres frères le prièrent de leur en faire la démonstration.

Il sortit le fameux miroir et lui ordonna de montrer les événements
170 les plus récents.

Il était tard. C'était l'heure où les ombres des morts se promènent dans les villages et où les oiseaux chantent de lugubres oraisons.

Ils découvrirent, surpris, que leur sœur était morte et qu'elle
175 allait être enterrée.

Ils commencèrent à pleurer de douleur et de chagrin.

Et celui qui avait l'arc-en-ciel prit la parole :

– Ne vous inquiétez pas, mes frères, montez sur mon arc-en-ciel et je vais vous emmener très vite chez nous.

180 Sous un ciel dominé par la prodigieuse beauté des astres de nuit, l'arc-en-ciel s'envola.

Les voyageurs survolèrent, au clair de la lune dont la lueur rose teignait les nuages, les plus belles montagnes et les volcans agités. Le ciel d'azur ressemblait à de l'or et les nuages étaient 185 magnifiques. Ils passaient devant eux, rouges et violets.

La myriade[1] d'étoiles filantes volait vers la terre, comme un beau feu d'artifice incliné. Sillonnant le zénith parmi les astres, les passagers de l'arc-en-ciel étaient enchantés.

Le climat était chaud et délicieux. La mer immense s'étendait 190 à perte de vue, roulant ses longues vagues contre les falaises. Les maisons des villes étaient illuminées par la lune.

Sous une brise douce, l'arc-en-ciel fit sa descente sur le village natal.

Les jeunes hommes, émerveillés, arrivèrent chez eux sains et 195 saufs.

Les gens du village étaient stupéfaits. Jamais ils n'avaient vu pareil phénomène.

On allait déjà enterrer la morte. Les funérailles se déroulaient dans la douleur, les larmes et les incantations. Un des frères 200 demanda aux gens venus au deuil de ne plus pleurer.

Il retira son collier au pouvoir magique qu'il passa au cou de la défunte. Oh ! quelle surprise ! La jeune fille retrouva la vie.

La joie de tout le monde fut immense. On fêta cette résurrection dans la joie et la bonne humeur.

---

1. Très grande quantité.

205 Le père, convaincu du mérite de chacun de ses trois fils, leur demanda :

– Qui de vous trois mérite d'épouser sa sœur cadette ?

Nul ne sut répondre. Chacun d'eux avait un doute sur sa propre contribution.

210 Le père, voyant que personne ne s'était désigné, proposa :

– Mes enfants, bien que je me sois tu par sagesse jusqu'à présent, j'estime le moment venu de vous apprendre que la coutume interdit à un frère d'épouser sa sœur. Puisque vous êtes sincères dans votre désir, je vous demande à tous de mettre la 215 main dans la corbeille aux arachides qui est là, près du feu de bois, afin d'y prendre mon amulette. Celui qui me l'apportera recevra en échange mon consentement.

Chacun d'eux, sans se faire prier, se précipita auprès de la corbeille.

220 Mais sitôt que les mains furent introduites dedans, des cris de douleur s'élevèrent :

– Ah ! Hi ! Hi ! Hi !… s'écrièrent-ils tous.

Les arachides s'étaient transformées en crabes dont les énormes pinces entaillaient les mains des trois frères.

225 Tous retirèrent leurs mains, sans que personne n'eût l'amulette.

Le marchand se leva alors de son siège, s'approcha de la corbeille et en retira le fétiche. Puis il leur dit :

– Les mânes de nos ancêtres[1] s'opposent à votre souhait. À

1. L'esprit de nos ancêtres.

230 l'avenir, quand vous aurez des enfants, vous leur apprendrez qu'on n'épouse pas sa sœur !

Après l'épreuve de la corbeille aux arachides, chacun d'eux connaissait maintenant sa destinée.

L'aîné, inspiré par son merveilleux miroir, devint un grand 235 voyageur qui sillonnait le monde à la recherche de trésors cachés.

Le deuxième s'envola sur son prodigieux arc-en-ciel vers des pays lointains, racontant de magnifiques histoires aux petits enfants du monde, dont la plus appréciée était « La corbeille 240 aux arachides ».

Le troisième devint le guérisseur de son pays.

Un jour, il sauva la vie à une jeune impératrice étrangère qu'il épousa et dont il eut beaucoup d'enfants.

Quant à la sœur cadette, sa beauté et sa grâce séduisirent un 245 riche et élégant voisin qui lui vouait depuis des années un amour secret. Il en fit sa femme.

BIEN LIRE

LA CORBEILLE AUX ARACHIDES

- **Pourquoi les fils quittent-ils la maison ?**
- **Qu'est-ce qui déplaît aux garçons chez les jeunes filles qu'ils rencontrent ?**
- **Quels sont les trois objets achetés par les frères ?**

Le Soleil et la Chauve-souris

Aux temps immémoriaux perdus dans la nuit des âges, le soleil et la chauve-souris étaient de bons amis.

Ils habitaient face à face et se voyaient tous les jours.

À cette époque-là, la chauve-souris se promenait le jour et
5 s'endormait la nuit, comme beaucoup d'autres animaux.

Un jour, le soleil vint dire à la chauve-souris que son enfant, la lune, était gravement malade. Il ne savait comment la sauver.

Il informa le petit animal que, si la nuit arrivait sans que sa fille fût guérie, les mauvais esprits allaient s'emparer de son
10 âme. Il supplia la chauve-souris de faire quelque chose pour guérir la lune.

– Si tu refuses de m'aider, la lune va mourir, déclara le soleil.

– N'aie pas peur, lui répondit la chauve-souris, je possède le fétiche capable de la sauver. Jamais les esprits de la mort ne
15 s'empareront de sa vie. Attends-moi ici et je m'en vais te l'apporter.

La chauve-souris entra dans sa maison, prit l'amulette[1] et la prêta au soleil :

– Ce fétiche est le seul héritage que mes parents m'aient laissé
20 pour me protéger, moi et tous les miens. Je pense que je n'offense pas l'esprit de mes ancêtres en te venant en aide. Dès que la lune sera hors de danger, viens me le rendre sans tarder.

– C'est promis, répondit le soleil.

---

1. Objet auquel on accorde des pouvoirs par superstition.

Fou de joie, celui-ci regagna vite sa demeure. Là, il donna le gri-gri à la lune, qui n'avait plus fait son apparition dans la nuit depuis longtemps.

Les habitants de la terre savaient qu'elle se portait très mal. Ils s'attendaient à l'annonce de sa mort.

Mais elle fut sauvée grâce au fétiche de la chauve-souris.

Quelques jours plus tard, le fils unique de la chauve-souris tomba malade à son tour.

Celle-ci se mit dans une grande colère. Le soleil ne lui avait pas encore rendu le fétiche.

Elle envoya d'urgence des messagers chargés de prévenir l'astre du jour que son fils était dans un état grave. Les coursiers revinrent tous lui confirmer l'indifférence du soleil. Ils l'avaient vu et il leur avait promis de ramener au plus tôt le gri-gri à sa propriétaire.

L'attente de la chauve-souris se fit longue et la pauvre mère devint très triste.

À la vue de son enfant saisi de douleurs atroces, la malheureuse, profondément touchée, se dit en pleurant : « Je dois sauver mon fils. Mes ancêtres m'en voudraient de le voir descendre dans leur royaume à cause d'une maladie contre laquelle ils m'avaient confié le plus puissant des remèdes. »

Elle s'envola à la recherche du soleil.

Au bout d'un très long voyage, elle le trouva :

– Ami soleil, remets-moi mon fétiche. Mon enfant est mourant. Il est atteint d'un virus mortel.

– J'ai un long voyage à effectuer aujourd'hui, lui répondit le soleil. Je pars à l'est, où je me reposerai. Ton gri-gri a sauvé ma fille. Je ne peux pas me permettre de ne pas te le rendre. Reviens demain et tu l'auras.

– Non, ce n'est pas possible. Remets-moi mon fétiche à l'instant même ! Je le veux immédiatement ! Si tu l'as oublié ailleurs, je suis disposée à aller avec toi à sa recherche. Mon fils est sur le point de mourir et je devrais attendre demain pour le guérir ? Je n'ai pas attendu pour sauver la lune. Je n'attendrai pas un jour de plus pour secourir mon propre fils !

Malgré ses prières, ses plaintes, ses larmes et ses chagrins, le soleil continua son chemin, indifférent.

Impuissante, la chauve-souris rebroussa chemin, très déprimée et déçue.

Quand elle arriva chez elle, l'état de son enfant était devenu dramatique.

La pauvre ne savait que faire, ni à quel esprit avoir recours. Elle restait là, regardant son enfant s'éteindre et souffrant de son impuissance.

Avant le lever du jour, les yeux de son fils se fermèrent. Il était mort.

La mère chauve-souris, au comble du désespoir et de la rancune, s'envola, serrant dans ses griffes le corps de son cher petit.

Elle allait à la poursuite du soleil qui se dirigeait vers l'est.

Durant son vol, elle pleurait et manifestait sa souffrance par des cris déchirants.

Ses larmes se transformèrent en d'énormes gouttes qui tombaient lourdement sur le sol. Les animaux de la terre en furent émus et peinés.

Lorsqu'elle eut rejoint le soleil, la chauve-souris ne put contenir sa haine ni sa déception face à son ingratitude.

Elle lui fit ses adieux en ces termes :

– J'ai fait preuve d'une amitié profonde et sincère envers toi. Aujourd'hui, je suis lasse de te considérer comme un véritable ami. Pour moi, la franchise d'une amitié se mesure par des gestes attentifs et fréquents. L'amitié est faite d'actes, d'attention et non de paroles trop souvent vaines ! Désormais, tout est fini entre nous. J'essaierai de t'oublier comme j'ai oublié le lait maternel. Jamais plus je ne regarderai le ciel. Je volerai les yeux tournés vers la terre. Je ne sortirai que la nuit, afin de ne plus jamais te voir !

Depuis ce jour, il semble bien que le soleil et la chauve-souris ne se soient plus jamais rencontrés et que personne n'ait réussi à les réconcilier.

Malgré tout, pour se racheter de son ignominie[1], le soleil illumine l'univers et sa fille, la lune, éclaire la nuit toute la terre.

Ils espèrent, tous deux, croiser un jour la chauve-souris pour lui témoigner leur reconnaissance et lui demander pardon.

---

1. Action horrible.

La chauve-souris, fidèle à sa promesse, vit toujours isolée en ignorant les remords des astres célestes.

BIEN LIRE

LE SOLEIL ET LA CHAUVE-SOURIS

- **Qui a, dans un premier temps, besoin d'aide ? Pourquoi ?**
- **Est-ce que le soleil refuse d'aider la chauve-souris ? Que fait-il exactement ?**

Le Petit Chimpanzé

C'était la saison tiède. La savane herbeuse s'étendait, cramoisie[1], lieu des luttes de survie. Les arbres séchés par l'absence des pluies ne pouvaient assurer des abris face au soleil.

Dans ce climat, un petit chimpanzé, curieux et imitateur, se sentait souvent mal dans sa peau.

Lorsque ses frères jouaient ou se cherchaient des poux, lui s'amusait à effectuer toutes les danses qu'il avait eu l'occasion de voir exécuter par les gens d'un village proche.

Son plus grand plaisir consistait aussi à écouter les récits sur le pays des hommes.

Doué d'une intelligence subtile, il priait toujours son frère aîné de lui parler de tam-tam, de xylophone et d'autres instruments de musique dont les sons leur parvenaient au cœur de la forêt.

Un jour, son frère lui raconta :

– Les hommes élèvent dans leur village un grand nombre d'animaux de différentes espèces, entre autres la pintade. J'apprécie particulièrement son beau plumage. Ils ont des chiens pour les avertir du danger, des éléphants pour faire de longs voyages et des pigeons pour envoyer des messages. Ils ont domestiqué la vache, le chat et la poule aussi.

Cela augmenta la curiosité du petit chimpanzé. Il se demanda comment l'homme pouvait, lui, se permettre d'avoir du bétail et pas eux, les animaux.

---

1. Rouge à force d'être brûlée par le soleil.

Son frère aîné disait que c'était parce que l'homme était plus fort et plus intelligent, sans quoi il ne se serait pas fait comprendre. À partir de ce jour-là, le jeune singe rêva d'avoir, comme l'homme, la maîtrise du bétail.

Il arriva un matin où le petit singe, en passant près d'un village, vit un homme qui tirait, au bout d'une corde, une chèvre.

– Les hommes sont malins, se dit-il. Ils attrapent les animaux, leur attachent des cordes au cou et ensuite, ils les emmènent à leur aise, dans leur marche. C'est une bonne leçon pour moi. À ma prochaine promenade, je ne manquerai pas d'apporter une corde pour maîtriser tout animal que j'attraperai.

Puis il se mit à faire des grimaces, se sentant capable de tout entrevoir comme un être habile.

Non loin de là, une antilope, qui avait souffert toute la nuit des poursuites des lions et des guépards, dormait profondément.

Le petit chimpanzé, en bondissant d'un arbre à l'autre, la découvrit avec plaisir.

Il s'approcha d'elle le plus près possible, afin de s'assurer qu'elle sommeillait paisiblement.

Dès qu'il se rendit compte qu'elle était morte de fatigue, il s'éloigna doucement et partit chercher une corde.

Il trouva tout près de là des lianes fines et très solides dont il se servit pour fabriquer une corde incassable.

Très enthousiaste, il revint auprès de l'animal endormi.

– Quelle belle proie ! pensa-t-il.

Fier de ce qu'il envisageait de réaliser, il avait les yeux qui pétillaient de malice. Sa souplesse de pensée le mettait à l'aise dans ce qu'il entreprenait.

Il entoura ses hanches de la corde et attacha celle-ci à celles de l'antilope, de telle façon qu'au cas où ses mains se fatigue-55 raient de tirer sur sa prise, il lui resterait au moins une chance de ne pas voir son gibier s'échapper.

Dès qu'il eut vérifié la solidité de son fil, il se mit à tirer très fort sur la corde.

L'antilope commença à éprouver une douleur pénétrante à la 60 hanche et se leva d'un bond.

Et, regardant sa taille, elle vit avec surprise une corde s'enrouler fortement autour de ses hanches.

Sans trop chercher à savoir ce qui lui était arrivé pendant qu'elle était plongée dans son sommeil de plomb, elle prit ses 65 jambes à son cou. Dans sa panique, elle entraîna dans sa folle course le chétif chimpanzé, ahuri[1]. Dans sa fuite éperdue, l'antilope allait si vite que le petit singe eut très peur. Il avait le vertige. Les épines de cactus, les rosiers sauvages et les pierres lui déchiraient cruellement la peau.

70 Le singe perdit beaucoup de poils pendant cette course. Il avait beau crier, la fugitive[2] ne l'entendait même pas. Au contraire, ses cris de détresse l'effrayaient davantage.

Le petit chimpanzé tenta, dans un ultime effort, de s'accrocher aux arbres auxquels il se heurtait, mais en vain.

---

1. Très étonné.
2. Celle qui s'enfuit.

Sa peine suscitait autant de pitié que son courage, d'admiration.

Il ressentait de telles douleurs sur tout le corps qu'il ne put s'empêcher de crier plus fort sa souffrance. Ce qui ne faisait qu'augmenter l'angoisse de l'animal en fuite. Celui-ci pensait qu'il avait affaire à une bête féroce qui cherchait à l'attraper pour le dévorer à belles dents.

Il fonçait comme on ne l'avait jamais vu courir.

Le petit chimpanzé avait maintenant vraiment mal. Il perdait tous ses poils et sa queue. Dépiauté à moitié, il suait sang et eau en voulant se débarrasser de la corde qui l'attachait à l'antilope.

Il parvint enfin à se délier, après d'immenses efforts.

Ses forces l'avaient abandonné à tel point qu'il resta des jours très souffrant et boiteux.

Il perdit sa queue pour toujours et garda de cette aventure des cicatrices sur tout le corps.

Quant à l'antilope, elle poursuivit sa course jusqu'au moment où elle ne sentit plus derrière elle les lianes, les restes de celles-ci ayant été déchiquetés sur le chemin.

BIEN LIRE

LE PETIT CHIMPANZÉ

- **Quelle est la caractéristique principale du petit chimpanzé ?**
- **À l'aide de quel objet essaye-t-il de retenir sa proie ?**

La Grenouille au chant magique

Le soleil d'or perçait le ciel, colorant l'horizon d'ombres irisées[1]. Les oiseaux matinaux surgissaient comme des silhouettes légères, brisant le silence de leurs cris.

Dans la nuit, un méchant sorcier avait transformé trois frères
5 en une grenouille, un serpent et un lézard : leurs parents lui devaient mille pièces d'or.

Un jour, le père, pêcheur devenu trop âgé pour risquer sa vie sur le fleuve, décida que ses enfants prendraient la relève.

Le matin, les villageois s'éveillèrent ; les laboureurs ramassè-
10 rent leurs outils, les chasseurs prirent leurs fusils, les pêcheurs leurs filets, et tous se dispersèrent dans la nature pour une longue journée de travail.

Les pêcheurs descendirent vers la rivière qui s'étendait sans limites, au loin, et serpentait dans l'immense forêt tropicale. Des
15 abords surgissaient des parfums de plantes et de fleurs, des bruits de pirogues et de pagaies, des chants d'insectes et d'oiseaux.

Les piroguiers, debout ou assis, attendaient. Les poissons ne mordaient pas facilement. Il fallait donc patienter et espérer longtemps.

20 Au coucher du soleil, les trois frères, vaincus par le sort, malgré quelques prises, reprirent la route du village avec un maigre butin.

---

1. Qui présentent les couleurs de l'arc-en-ciel.

Les parents vendirent une partie de leurs produits aux voisins et conservèrent l'autre pour leur survie.

25 Mais, en période de saison des pluies, les eaux des étangs, des marigots[1] et des fleuves montent et débordent. Les poissons se firent donc rares.

Un matin de plein soleil, les trois frères traversèrent la savane jusqu'à la rivière pour pêcher.

30 Ce fut une journée de misère. Exténués par une longue et vaine attente, ils paraissaient nerveux.

Le soir venu, ils regagnèrent la maison, ne ramenant qu'un seul poisson. Les parents s'en plaignirent, car leur déception était grande.

35 Le père, convaincu que ses enfants étaient maladroits, leur dit :

– À présent, je veux des résultats. Celui qui s'amusera à revenir les mains vides sera puni.

Quand il eut fini de parler, un long silence s'ensuivit. Les jeunes gens commencèrent à réfléchir sur la manière de mériter
40 l'estime des parents.

Chacun eut l'idée de consulter un féticheur.

Le lézard et le serpent obtinrent ainsi des fétiches supposés résoudre toutes leurs inquiétudes.

La grenouille n'eut rien. Le féticheur lui révéla :

45 – Tu es née avec un don exceptionnel ! Ta voix est capable de t'aider dans certaines circonstances.

---

1. Étendues d'eau stagnante.

Le lendemain, en allant pêcher, chacun utilisa son amulette[1] pour attirer les poissons.

Le serpent entonna une mélopée[2] :

50 – Ô rivière, je suis le vaillant serpent. J'ordonne aux poissons nageant dans tes eaux de se soumettre à mon charme. Ceux qui refuseront connaîtront ma colère. Je viens de ce monde sacré où seule la grandeur d'âme engendre le bonheur.

Malgré les efforts consentis, aucun poisson ne sortit de l'eau.
55 Confus, chagriné et lassé, il devint furieux.

Le lézard, content de l'échec de son aîné, se moqua de lui. Il se vanta de faire mieux. Il s'exécuta à son tour.

Mais rien de ce que le sorcier avait prédit n'arriva. Alors, il chanta :

60 – Ô rivière, moi lézard, malin et envoûteur, je m'impatiente de ramasser les poissons enfouis dans tes profondeurs. Mon âme, telle une perle, rayonne de tes offrandes. J'aime me contempler dans les scintillements de la lumière sur tes vagues.

Rien n'y fit, malgré ses peines et ses incantations[3]. Fâché, il
65 maudit la rivière, le sorcier et les poissons. Il ne comprenait pas les raisons de son insuccès.

Vint l'instant où la grenouille dut tenter sa chance. Elle fit un bond rituel dans l'eau et s'adressa en chantant à l'esprit de ses morts :

---

1. Objet auquel on accorde des pouvoirs par superstition.
2. Chanson triste.
3. Formules magiques.

70 – Moi grenouille, protégée des mânes des ancêtres[1]. Je prie les eaux de se tarir[2] pour m'offrir un peu de poissons. Mes parents sont tristes et je veux leur apporter à manger ! Ô rivière, je rêve d'être nourrie par toi comme par une mer généreuse. J'essaie d'acquérir ta richesse : elle m'évite, ne laissant que les 75 eaux entre mes mains. Comment pourrais-je vivre de ce que seules tes eaux peuvent m'offrir ?

À ces mots, les eaux séchèrent par endroits, laissant d'innombrables poissons à nu. Les pêcheurs n'eurent plus qu'à les ramasser et à remplir leurs gibecières[3].

80 – Je ne pourrai jamais remercier assez l'esprit des eaux de la faveur qu'il me fait aujourd'hui de m'offrir autant de richesses. C'est le plus grand bonheur qui me soit arrivé ! reconnut la grenouille.

Heureux et chargés, les frères repartirent pour le village. 85 Chemin faisant, la grenouille avait de la peine à porter son sac à provisions. Il était trop lourd pour elle. Péniblement, elle avançait. Elle demanda à ses deux aînés de la précéder.

Ceux-ci rentrèrent chez eux, les paniers pleins, à la grande joie de leurs parents. Ingrats, ils étaient de mauvaise foi. Ils 90 accusèrent, à tort, l'absente de n'avoir rien fait que se gratter la gale, pendant qu'eux seuls attrapaient des poissons.

Quand, chargée de son maigre baluchon, la grenouille revint

---

1. L'esprit des ancêtres.
2. Disparaître en séchant.
3. Sacs dans lesquels on met ce qui a été chassé ou, ici, pêché.

à la maison, son père était assis devant la porte et, furieusement, l'attendait :

95 – Où étais-tu passée ? Tes frères travaillent et toi, tu t'amuses à gratter tes boutons ? l'apostropha-t-il.

La grenouille, confuse, était troublée. Réprimandée, elle hésita un long moment, puis présenta sa besace[1], avec le peu qu'elle avait gardé de sa journée de travail. La mère, curieuse, 100 jeta un regard méprisant et dit :

– Quelle honte ! C'est tout ce que tu nous rapportes ? Fainéante !

Elle jeta le contenu du sac dans les herbes.

La grenouille, en larmes, niait sa paresse. Elle regrettait le 105 mensonge de ses frères.

Ce geste-là blessa profondément son cœur. Elle souffrait de cette humiliation. Sans comprendre l'attitude de ses parents, elle se résigna au silence. Elle ne chercha même pas à savoir ce que ses frères avaient colporté[2] à son égard. Les larmes du sen- 110 timent d'injustice jaillirent de ses yeux. Malgré les reproches, elle restait interdite. Il n'était pas juste qu'un esprit généreux comme le sien soit maltraité plus longtemps.

Cependant, les parents la privèrent de nourriture les jours suivants, pour la punir de sa maladresse.

115 Le lendemain, les trois frères se rendirent donc à la rivière. Là, chacun d'eux essaya encore de capturer les poissons grâce

1. Grand sac.
2. Répandu.

aux formules magiques. À nouveau, les deux aînés échouèrent. Aucun de leurs gris-gris ne produisit d'effet.

Subitement, prise de compassion[1], la grenouille s'approcha
120 de la rivière avec une profonde révérence :

– Esprit des eaux, je t'invoque. Tu nous offres des joies infinies. Ô rivière d'offrandes, je prends tes eaux ; je les mêle aux larmes de mon cœur. J'essaie d'emplir mes paniers de tes poissons, de conquérir avec mon amour la tendresse de tes vagues.

125 « Ô rivière, ma riche et bienfaitrice nourricière, tes dons alimentent mes espoirs et bâtissent mon bonheur. Mes rêves sont fragiles, mes angoisses nombreuses. Je me berce dans la douceur de tes eaux et mes yeux s'émerveillent aux reflets de tes mouvements. »

L'esprit des eaux entendit résonner la douleur au plus
130 profond de son âme. Son chant, émouvant, enraciné dans les souffrances de la vie quotidienne, vibrait avec un surcroît d'intensité mélancolique.

La grenouille était une créature fragile, née avec un cœur d'or. À mesure qu'elle entonnait sa mélodie, une transe[2] étrange
135 s'emparait d'elle.

Soudain, les eaux séchèrent miraculeusement. Les trois frères, les passants et les curieux ramassèrent les poissons avec enthousiasme. Ils y passèrent des heures entières.

Encouragés et satisfaits, ils étaient remplis de joie grâce à ce
140 miracle spontané.

---

1. Ici, pitié.
2. État d'excitation intense.

Complices et malhonnêtes, les deux aînés dérobèrent les paniers à poissons de la grenouille, prenant tout ce qu'elle avait capturé, et se hâtèrent de la précéder au village.

Auprès de leurs parents, ils nièrent la contribution de celle-
145 ci à leur succès et s'attribuèrent tout le mérite de la pêche.

Flattés et congratulés pour leur bienveillance et leur adresse, ils se réjouissaient d'avoir berné[1] l'absente.

Cette situation se répéta plusieurs fois.

La grenouille vécut alors dans l'isolement. Elle était anxieuse.
150 Un jour, elle en eut assez. Elle refusa de chanter. Les eaux ne se tarirent pas et ses frères rentrèrent bredouilles.

Cela irrita beaucoup les parents.

Durant des semaines, elle refusa de chanter. La famine s'abattit sur le foyer.

155 Le pays tout entier, vivant des produits de la pêche, connut une crise épouvantable.

Le palais royal en fut si affecté lui-même que la reine en maigrit de soucis et de privations. Ce qui poussa le roi à proposer sa plus belle fille en mariage à celui qui trouverait une solution
160 à cette énigme.

La nouvelle s'envola par le bouche à oreille, de village en village, et parvint enfin au parent pêcheur :

– Sa Majesté le roi offre sa plus belle fille en mariage au meilleur pêcheur du royaume, annonça le père à ses trois fils.

---

1. Trompé.

165 Celui qui apportera du poisson au roi prendra la belle princesse comme épouse. Ce qui lui permettrait de retrouver sa forme humaine, en remboursant les mille pièces d'or au méchant sorcier.

À ces dires, les jeunes gens coururent tous au fleuve.

170 Cette fois, les parents, alertés par le comportement de la grenouille, les suivirent discrètement.

Dès que les eaux furent asséchées, grâce au chant de la grenouille, les parents apparurent devant les deux menteurs, honteux. Ils surent ainsi qu'elle avait, seule, tout le mérite de la 175 pêche. Cela suscita leur très vive admiration.

Les frères hypocrites eurent des remords pour leur méchanceté.

La grenouille, heureuse, se rendit auprès du roi, qui lui accorda la main de la princesse et lui offrit un très beau palais 180 et beaucoup d'or.

Elle s'en alla voir le sorcier à qui elle restitua les mille pièces d'or que ses parents lui devaient. Elle exigea qu'elle et ses frères retrouvent leur forme humaine. Ce qui fut octroyé[1]. Le désenchantement fut suivi de l'apparition de trois beaux et élégants 185 jeunes hommes.

Les deux frères témoignèrent à leur cadet leur estime, regrettant la faute que la vanité[2] des mensonges leur avait fait commettre.

---

1. Accordé.
2. Orgueil.

La princesse, en voyant son mari, trouva qu'il était le plus bel
190 homme du monde. Depuis, ils vivent heureux.

BIEN LIRE

LA GRENOUILLE AU CHANT MAGIQUE

- **Combien de frères ont été transformés par le sorcier ?**
- **La grenouille ressemble-t-elle à ses deux frères ? En quoi est-elle différente ?**
- **Que fait le roi pour essayer de vaincre la famine ?**

Le Grillon chanteur

Par-delà les villages, les lueurs roses cernaient les montagnes et les vallées. La ligne indigo[1] de l'horizon donnait à l'œil nu l'illusion que le ciel s'achevait avec le coucher du soleil.

C'était un soir de grandes chaleurs. Le silence régnait.

5 Le grillon, comme d'habitude, faisait son cri-cri nocturne dans le champ.

Un serpent, qui dormait près de là, le prit mal. Il se leva, sortit furieux de sa cachette et en s'avançant sans faire de bruit du côté d'où venait le chant, il aperçut, sur un monticule[2] terreux, un
10 grillon, contre des feuillages, en train de crier hors de son trou :

– Griing… ! Griing… ! Griing… !

– J'ai prêté l'oreille à tes élucubrations[3], l'apostropha le reptile, et j'ai entendu ton appel à l'affrontement : « Mort au serpent ! »

15 – Il est temps que tu reprennes tes esprits, rétorqua le grillon. Je ne chante pas : « Mort au serpent ». Tu as dû mal interpréter mes propos.

– Tu m'as réveillé, dit le serpent, en exaltant ma mort. Je viens te défier.

20 – Je crois qu'il y a un malentendu, Griing… ! Griing… ! Griing… ! C'est une invitation à la nuit, aux rêves et au sommeil pour les vivants, s'expliqua le grillon.

---

1. D'un bleu légèrement violet.
2. Petite élévation de terre.
3. Divagations, paroles insensées.

– Menteur ! C'est de la provocation ! Tu ne vas pas te moquer de moi très longtemps, affirma le serpent, fou de rage.

25 La dispute battait son plein. Le rat palmiste[1], gardien du village, vint à passer par là.

Pressentant le danger, il conduisit les antagonistes jusqu'à la palabre[2].

Le serpent, devant les juges, prit le premier la parole :

30 – J'étais dans ma maison et je dormais ! J'ai subitement entendu cet individu pousser un cri de guerre : « Mort au serpent ». Je suis sorti pour l'affronter dans un combat singulier.

Le serpent était hors de lui-même et formulait des menaces. Certes, il n'avait peur de personne.

35 Le grillon, extrêmement surpris d'apprendre ce que son voisin pensait de son chant, tenta de se défendre :

– Je suis né chanteur. Je suis créé pour bercer le repos du soleil, apaiser les tourments du jour et dire dans ma langue les clameurs de la nuit. Je ne crie pas : « Mort au serpent ». Mon

40 voisin, trop éloigné de mon terrier, a mal interprété mes intentions. J'annonce le crépuscule : si je ne le fais pas, nulle terre ne connaîtra de sommeil.

– Tu mens ! l'interrompit son adversaire.

– Je vous prie de me croire, supplia le chanteur fautif. Je ne

45 me sens pas assez courageux pour m'opposer à ses prétentions.

Les juges n'acceptèrent pas son point de vue et le condam-

1. Rongeur proche de l'écureuil vivant dans les palmiers.
2. L'endroit où l'on débat.

nèrent au silence. Ils avaient très peur du redoutable reptile, qui montrait, lui, comme argument, sa méchante denture.

Pour le grillon, c'était l'étonnement, la surprise, la douleur et la déception. Inconsolable, la mort dans l'âme, il ne se manifesta plus à la tombée du jour.

Cependant, le soleil resta installé au zénith. Le crépuscule disparut de l'univers, l'ombre et l'obscurité désertèrent la terre. Personne ne sut qu'il était temps d'aller dormir !

La nuit n'apparaissait plus. Peu à peu, l'angoisse, la peur et l'incertitude saisissaient les hommes, les femmes et les enfants. L'inquiétude augmentait. L'insomnie, l'attente désespérée du repos et la nervosité gagnaient chaque corps, torturaient chaque esprit. Les gens, très fatigués, s'évanouissaient les uns après les autres. Plus personne n'avait envie de travailler.

La population, inquiète, plongea dans une grande stupeur.

La fin du monde était arrivée. Le soleil ardent durait depuis des jours.

Le chef du village, tenu au courant très tard de ce que le grillon avait prédit, ne put retenir sa colère.

Il se rendit, impatient, chez l'insecte incriminé :

– Dis-moi, mon petit grillon, ton chant a-t-il un lien avec le coucher du soleil ?

– Je l'ai dit aux juges qui m'ont interdit de chanter. Maintenant, le monde est en émoi. C'est leur faute. Dans notre pays, celui qui possède la dent que l'on craint fait la loi. Ainsi, je n'ai pu m'imposer. Les juges ont rejeté mes opinions.

– J'irai les trouver et je les remplacerai. Ce sont des incapables ! Toi, chante maintenant !

75 – D'accord, je vais le faire ! Mais à l'avenir, il faudra accorder aux habitants la chance de s'exprimer et obliger les juges à savoir écouter.

Sitôt que le grillon eut poussé son premier cri, le soleil disparut à l'horizon. Les esprits de la nuit surgirent enfin des fourrés et des clairières. Les étoiles scintillèrent dans le firmament[1] et toute la population s'endormit.

80

Depuis, l'équilibre demeure permanent entre le jour et la nuit…

1. Ciel.

BIEN LIRE

LE GRILLON CHANTEUR

- **De quoi le serpent accuse-t-il le grillon ?**
- **Le grillon se défend-il ?**
- **Comment réagissent les juges ? Qu'en pensez-vous ?**

Le Coq merveilleux

C'était l'approche du crépuscule aux langueurs monotones[1]. Le ciel éclaboussé d'orages empruntait à la nuit son déguisement le plus énigmatique. Dans la ville hantée par les grondements du tonnerre, un vieillard, prêt à mourir, fit venir son unique enfant et lui dit :

– Écoute, mon fils, bientôt, je te quitterai pour rejoindre nos ancêtres. J'ai pensé à toi. Je te lègue le coq blanc, qui a fait la gloire et la fortune de ton père, afin qu'il assure à son tour ta richesse. Grâce à lui, tu pourras mener une vie joyeuse et faire l'aumône[2] aux pauvres. Il n'est pas de ces coqs que l'on rencontre dans tous les poulaillers. Depuis des générations, il se transmet de père en fils. Tu veilleras désormais sur lui avec bienveillance.

Le père mort, le fils organisa de grandioses funérailles auxquelles il convia ses proches et amis.

De retour chez lui, sitôt la période de deuil passée, le jeune homme décida de participer avec son coq de combat à divers tournois qui l'opposeraient aux meilleurs coqs du monde.

Durant de longues années, son animal remporta toutes les victoires, ce qui lui apporta fortune et gloire.

Tous les rois voulurent le lui acheter, mais jamais il ne consentit à s'en débarrasser, même à prix d'or.

Devenu puissant et riche, il construisit un immense et

---

1. Abattements moraux dus à la lassitude.
2. Faire la charité.

magnifique palais, sur l'emplacement de sa vieille maison de grès et de paille. Il avait de très nombreuses servantes et procura beaucoup de travail à ses proches.

Il créa une grande école pour les enfants du village, qui grandirent en sagesse et en intelligence.

Cette réussite n'allait pas sans susciter certaines jalousies.

Sa voisine, jalouse de son bonheur, décida de lui nuire. Elle sema des maïs à portée du coq. Celui-ci se précipita, reconnaissant, sur les grains tant appréciés, et ne s'arrêta de manger que lorsqu'il fut repu[1].

Il était devenu si gros qu'il pouvait à peine marcher. Il alla s'endormir dans un coin du potager.

C'est à ce moment-là que la cruelle vint trouver son voisin. Elle l'apostropha en ces termes :

– Ton coq vient de voler toute ma réserve de maïs et je n'ai plus rien à manger.

Le jeune homme, embarrassé, répondit :

– Ô chère amie, calme-toi, je vais te payer tes grains.

– Non, s'exclama-t-elle, non, non et non. Je veux mes maïs, ceux que ton coq a mangés !

– C'est impossible, répliqua l'autre… tu ne veux tout de même pas…

– Si, répondit la méchante, tue ton coq et rends-moi mes maïs !

---

1. Qui s'est rempli l'estomac.

L'atmosphère était tendue, pareille à une averse sur le point de tomber.

La sournoise, emportée par la colère, animée par la convoi-
50 tise, se montra d'une fermeté de canaille.

Désespéré, l'homme lui proposa, pour sauver son coq, toute sa fortune, son palais, ses parures, ses diamants, mais rien ne la fit changer d'avis. Imperturbable, la femme considérait sa décision comme irrévocable.

55 L'affaire fut portée devant les chefs coutumiers[1], qui réunirent la palabre[2].

Jaloux, tous les membres du jury réclamèrent la mort du coupable, qui somnolait toujours dans le potager.

On alla le chercher et on ouvrit son ventre. Les maïs furent
60 ainsi restitués à sa propriétaire. La pauvre volaille ne résista pas à ses blessures et mourut. Cruellement éprouvé par cette injustice, le jeune homme dépérissait à vue d'œil. Écrasé par la douleur, il était malheureux et de plus en plus triste.

Très affecté, il enterra en secret le cadavre de son coq derrière
65 son palais et il s'enferma, meurtri, pour de longs mois, dans la luxueuse solitude de sa demeure.

Un jour, à l'endroit où reposait le coq, prit naissance un manguier aux fruits alléchants.

Gourmande et sans aucune gêne, la voisine vint demander
70 une mangue au propriétaire de l'arbre, qui ne refusa pas.

---

1. Chefs mis en place par la coutume.
2. Débat.

La femme fit venir son fils unique et le pressa d'en manger aussi. Ils en cueillirent plusieurs au lieu d'une seule.

Le lendemain, au lever du soleil, en l'absence du propriétaire de l'arbre, l'enfant de la méchante femme vint, sans autorisation, cueillir les fruits délicieux. Installé au sommet du manguier, il choisissait les plus mûrs. Il mangeait en laissant tomber les noyaux et les peaux au sol.

Le propriétaire, revenant de sa promenade, l'aperçut perché là-haut, sur une branche solide de l'arbre. Assis là-haut, grignotant un fruit, le fils de la voisine était indifférent à son retour.

Soudain, une mangue tomba sur la tête du propriétaire.

Furieux et assoiffé de vengeance, l'homme battit le gong et rassembla tous les villageois.

En présence de tous, il déclara, menaçant :

– Celui qui a mangé mes mangues doit me les rendre !

Et tous les assistants d'approuver.

Avertie du rassemblement, la mère du maraudeur[1] apparut et dit :

– Bon, bon, je te rendrai tes fruits !

Se souvenant de la mort injuste de son coq, l'homme lui dit :

– Ô femme, puisque ta justice fut bonne par le passé, elle le sera à nouveau en ce jour ; je te réclame les fruits qui ont été avalés par ton fils.

Le conseil des sages reconnut qu'il était en droit d'exiger une

1. Voleur.

justice équitable[1]. Pleurant, suppliant son voisin d'être clément[2], la femme offrit tous ses maigres biens en échange de la vie de son fils.

Le gourmand allait subir le même sort que le malheureux
100 coq quand, généreux, le jeune homme déclara qu'il leur pardonnait pour toutes leurs méchancetés passées. Il se retira dans son palais, laissant la vie sauve à l'enfant fautif de la voisine.

Atterrée par la confusion, épargnée par le sort, mais honteuse d'elle-même, la mère comprit que son fils devait à cet homme
105 sa paix intérieure.

Elle supplia le ciel de lui pardonner sa jalousie et ses méfaits passés.

Le destin lui avait donné une douloureuse leçon. Elle comprit enfin que la haine détruit celui qui la nourrit.

110 Le lendemain de cette épreuve, le manguier commença à offrir des fruits d'or… Il paraît qu'il en fournit encore aujourd'hui.

1. Qui respecte les droits de chacun.
2. Peu sévère.

BIEN LIRE

LE COQ MERVEILLEUX

- **La voisine a-t-elle une raison valable de s'en prendre ainsi au héros ?**
- **Quel est le point commun entre la voisine et les chefs ?**
- **Que fait le voisin dans la deuxième partie du conte ? Pourquoi ?**

L'Arbre et la Terre

Un jour, l'arbre et la terre se disputèrent.

– Qui es-tu ? demanda l'arbre à la terre.

– Tu ne me connais pas ? Je suis la terre. C'est moi qui donne la vie aux êtres et reprends leur corps à la mort. C'est moi qui t'ai fait voir le jour, qui te nourris et te protège contre les vents violents.

– Je ne te crois pas, menteuse ! Si mon existence dépendait de toi, je t'estimerais comme j'ai de l'admiration pour le ciel, la lune, le soleil, le vent et la pluie. Je ne t'aurais pas à mes pieds.

– Détrompe-toi, mon fils. Ta taille n'est qu'une apparence. Et même si tu deviens plus malin, lui dit la terre, sache que jamais les oreilles d'un homme ne dépasseront sa tête. Tu as la tête en haut, c'est vrai, mais ta vie se trouve ici, en bas.

L'arbre ne crut aucun de ces propos. Orgueilleux, il continua à se moquer de la terre.

L'orage, cependant, gronda très fort.

L'arbre fut secoué tant et si bien que toutes ses feuilles tombèrent. Un vide affolant approcha ses racines.

Se sentant faible devant les coups de rafale, l'arbre, saisi par le séisme, appela la terre à son secours.

Celle-ci ne fit rien pour empêcher le vent de le déraciner.

L'arbre tomba à terre, pourrit et devint de la poussière.

BIEN LIRE

L'ARBRE ET LA TERRE

- **Pour quelles raisons l'arbre croit-il que la terre lui est inférieure ?**

Le Chasseur Égoïste

Au plus profond du ciel, les lueurs étaient rouges comme les flammes du volcan. Les feuilles mortes, soulevées par le vent, voltigeaient dans la poussière des sentiers. Dans les branches d'arbres, on entendait le refrain des oiseaux.

5 Solitaire, un chasseur pénétra dans une jungle où il espérait trouver plus de gibier qu'ailleurs.

Cette forêt dense appartenait à un génie. Celui-ci, disait-on, était généreux envers les gens de bon cœur, mais restait souvent indifférent au sort réservé aux méchants.

10 Venu en conquérant, le chasseur ne le savait pas. Il commença à capturer beaucoup d'animaux et en devint très fier.

À un certain moment, il vit venir à lui un homme très âgé. C'était le génie de la forêt qui s'était transformé en vieillard. Il s'adressa au chasseur :

15 – Mon fils, j'ai faim. Peux-tu me donner un peu de viande fraîche ?

– Je n'offre rien aux paresseux ; ma foi, c'est mon seul défaut.

– Je ne suis pas fainéant, protesta le vieil homme, je suis plutôt trop âgé pour attraper quelque chose ; même la proie la plus

20 facile réussit à m'échapper.

– Désolé, rétorqua[1] le chasseur, je ne suis pas là pour tous les malheureux qui errent en quête de nourriture.

– C'est dommage, fit remarquer le vieil homme.

---

1. Répondit vivement.

Et d'ajouter :

25 – Je te souhaite bonne chance dans ton métier.

Le visage chagriné et le cœur rempli de tristesse et d'amertume, le pauvre vieillard disparut dans les arbres.

Le chasseur, indifférent, poursuivit sa quête de gibier. Le soir venu, il rassembla tous les fruits de son travail en lieu sûr. Puis 30 il fit un grand feu de bois pour se cuire un morceau de bonne viande, tant sa faim était grande. À peine eut-il avalé un petit bout de nourriture qu'il entendit quelqu'un l'interpeller sur la branche d'un arbre proche :

– Quelle bonne odeur ! Pourrais-je venir partager votre repas, 35 brave homme ? Je vous en prie, j'ai faim !

Le chasseur n'hésita pas à répondre :

– Je refuse de faire goûter ma cuisine aux inconnus !

L'étrange voix venue des ténèbres n'insista pas. La nuit retrouva ses rumeurs et ses cris sous un ciel de pleine lune par- 40 semé d'étoiles.

Le lendemain, l'homme continua à capturer le gibier.

Pendant plusieurs jours de chasse fructueuse[1], il ne fit rien pour les gens qui vinrent lui demander un quelconque service, homme, femme ou enfant.

45 Lorsqu'il eut assez chassé, il prit le chemin du retour, très chargé. Mais, hélas, il ne se souvenait plus du chemin qui conduisait à son village !

Il chercha longtemps, mais sans succès. Des jours durant, il

1. Qui obtient un bon résultat.

tourna en rond. Il rencontra, au détour d'un buisson, le génie de la forêt déguisé en jeune fille capricieuse.

– Mademoiselle, je voudrais rentrer chez moi, près de la rivière. Quel sentier dois-je emprunter ? Je suis perdu dans l'immense forêt.

– Désolée, répondit la passante, je ne montre rien à personne. Telle est, ma foi, mon unique défaut.

Hautaine, indifférente et fière, elle disparut entre les sentiers comme elle était venue. Le chasseur, surpris, était à court d'idées.

N'étant plus certain d'arriver chez lui, il jeta à terre une partie du butin qu'il rapportait fièrement à sa famille. Soulagé du poids, il se mit à marcher vers ce qu'il croyait être l'orée de la grande forêt.

Des jours et des nuits entières, il marcha, infatigable, mais sans succès. Ses forces s'épuisèrent. Il maigrit fortement, mais ne s'arrêta pas de marcher.

Aujourd'hui, il semble qu'il erre encore dans cette vaste forêt, en quête d'une issue vers son pays, sa terre natale et sa famille.

BIEN LIRE

LE CHASSEUR ÉGOÏSTE

- **Quel est le comportement du chasseur vis-à-vis des autres ?**
- **À qui appartient cette voix selon vous (p. 116) ?**
- **Le conte a-t-il une fin ?**

L'Éléphant et le Lièvre

Dans l'herbe remuant sous la brise, aux abords d'une rivière, jacassaient les pies et les geais[1] dans la tiédeur parfumée de l'air.

Un éléphant qui rôdait par là, au crépuscule, rencontra le lièvre et se moqua de lui :

5 – Pauvre petit lièvre, comme tu es maigre ! Je te plains. Tu n'es même plus en mesure de te défendre contre une hyène.

– Oh ! Oh ! s'écria le lièvre, quel orgueil et quelle morgue[2] ! Tu crois que tu es fort, mais tu ne l'es pas plus que moi.

– Ah ! Ah ! stupide lièvre, tu es vraiment à plaindre. Connais-tu 10 quelqu'un qui aimerait se mesurer à moi ?

– Parions, dit le lièvre, que tu ne me battras pas.

L'éléphant se mit à rire si fort qu'il en versa des larmes de joie.

– D'accord, parions !

15 On paria.

La bataille fut fixée au lendemain matin, au sommet d'une montagne très élevée.

Les deux rivaux se séparèrent. La nuit, le lièvre se rendit à l'endroit désigné pour les retrouvailles afin de placer des pièges 20 à éléphants.

Il rentra chez lui, ensuite, pour dormir en paix.

Le lendemain matin, toute la brousse alertée par le lièvre

---

1. Oiseaux très communs dans les bois.
2. Quel mépris !

était venue assister au duel. Le soleil berçait la cime des arbres et des collines.

25 Surgissant d'un buisson peu éclairé, le lièvre dit à l'éléphant :

– Vois-tu la grosse pierre au sommet de la montagne ?

– Oui.

– C'est là le lieu de notre combat. Le premier qui l'aura atteinte aura gagné une première manche. La seconde sera de 30 faire tomber son adversaire du haut de la montagne.

Le départ donné, l'éléphant partit comme un éclair, sans remarquer que son concurrent restait immobile.

Lorsqu'il s'approcha du sommet, il fut poussé par un piège vers une pierre glissante qui le fit tomber de la cime.

35 Le lièvre vint ensuite le retrouver.

L'animal infortuné avait une patte cassée. Toute la faune attroupée fut très étonnée.

C'est depuis ce moment-là qu'au cœur de la brousse les grosses bêtes ne vivent plus en harmonie avec les petites.

BIEN LIRE

L'ÉLÉPHANT ET LE LIÈVRE

- **Quelle est la raison qui pousse l'éléphant à se moquer du lièvre (p. 118) ?**
- **Qui décide du pari à tenir ? Quel rôle cela lui donne-t-il ?**

La Petite Gazelle

Le guépard et la gazelle étaient autrefois très amis.

À cette époque, le guépard craignait beaucoup cette dernière, qu'il croyait de force égale à la sienne.

Un jour, il invita la gazelle à dîner. Celle-ci accepta l'invitation avec plaisir et, le soir venu, elle se mit en route.

Chemin faisant, elle rencontra la mangouste[1].

– Où vas-tu donc, à cette allure, chère voisine ? demanda la mangouste.

– Je me rends chez le guépard, mon ami. Il organise un dîner auquel il m'a conviée.

– Et c'est là que tu allais de ce pas rapide, à une heure aussi tardive ? Comme parfois tu peux être naïve, chère gazelle ! Le guépard n'est pas un ami à qui il faut se fier. S'il te respecte pour te laisser croire à son amitié, c'est parce qu'il a peur de toi. Il s'imagine que tu as plus de force que lui. Le jour où il s'apercevra du contraire, il n'hésitera pas à te dévorer.

– Non, ce que tu me racontes n'est pas vrai. C'est toi qui lui prêtes ces méchantes intentions.

– Je regrette que tu ne comprennes pas que je veux te sauver la vie. L'invitation du fauve n'est qu'un piège pour tester ta force. Hier matin, j'ai surpris le guépard et sa femme au bord des marigots[2]. Ils parlaient de toi. Te connaissant, je me suis empressée de te prévenir.

1. Petit animal qui chasse les serpents, qu'il ne craint pas.
2. Étendues d'eau stagnante.

– Je ne crois pas un seul mot de ton histoire. Je suis déjà en
25 retard. Il faut que je m'en aille.

La gazelle se rendit au rendez-vous. L'accueil, à son arrivée, fut fort amical.

Ensemble, les trois animaux burent toute une calebasse[1] de vin de palme[2].

30 Le guépard demanda à sa femme de leur servir à manger.

Comme elle et son mari voulaient mesurer la solidité des dents de la gazelle, la femme n'apporta rien d'autre à manger que du maïs sec et très dur à broyer.

Le guépard, sans tarder, commença à manger.

35 La gazelle tentait avec force de mâcher quelques grains de maïs, mais ses efforts étaient inutiles. Ses dents n'étaient pas capables de les écraser.

Le guépard observait son invitée du coin de l'œil.

La gazelle, se rappelant les confidences de la mangouste,
40 décida de se défendre en impressionnant ses hôtes.

Elle tentait de casser les grains, mais n'essuyait que des échecs.

Son sourire devint sanglant. Une salive rougeâtre lui souillait le coin des lèvres. Elle avait, à présent, un trou vide dans la
45 bouche : ses deux dents de devant s'étaient arrachées.

Hypocrite, le guépard se mit à pleurer et à gémir d'émotion.

Le moment de repartir chez elle étant venu, la gazelle pria le

1. Gros fruit souvent utilisé comme récipient.
2. Vin fait à partir du palmier.

guépard de la reconduire. Mais celui-ci prétexta qu'il avait mal au cœur et qu'il irait plutôt se coucher tout de suite.

50 La gazelle le crut et partit toute seule. Pendant qu'elle faisait route vers sa maison, le guépard, qui maintenant connaissait le point faible de son invitée, courut l'attendre au milieu de la forêt.

Lorsque la gazelle s'approcha du buisson où se cachait le 55 félin, celui-ci n'hésita pas à lui sauter à la gorge.

La pauvre antilope avait beau crier, elle n'avait plus que ses pleurs pour se défendre. Ce qui ne suffisait pas, bien sûr, pour sauver son corps meurtri par les griffes du fauve.

BIEN LIRE

LA PETITE GAZELLE

• La mangouste s'appuie sur un fait pour convaincre la gazelle : lequel ?

• Qu'en pensez-vous ?

• La gazelle a-t-elle changé d'opinion à propos du guépard avant de repartir chez elle ?

Le Pigeon et le Mille-pattes

Deux champs, l'un réservé au pigeon et l'autre au mille-pattes, étaient côte à côte.

Un matin, le mille-pattes surprit le pigeon dans son domaine :

5 – Eh ! toi, que cherches-tu dans mon champ ; tu profites de mon absence pour parcourir mon territoire ? demanda le mille-pattes à l'oiseau audacieux.

– Je ne faisais que passer. Je partais puiser de l'eau à la rivière pour arroser mes légumes quand tu es arrivé. Je n'ai pas pu 10 emprunter aujourd'hui ma route habituelle parce que la pluie torrentielle de ce matin l'a rendue impraticable. Je n'ai causé aucun dommage. J'ai pris la précaution de suivre le sentier sur lequel tu as l'habitude de passer toi-même. Et cela, pour éviter de piétiner tes plantations.

15 – Peu m'importe. Ce qui m'intéresse, c'est de ne pas trouver d'étrangers dans mon champ. Regarde comme tes pattes ont laissé des traces. Maintenant, je dois enlever toutes ces empreintes. J'ai horreur de voir des pattes d'oiseau ici. Balaie-moi ça tout de suite !

20 Le pigeon, dans un souci de bon voisinage, s'en alla chercher le balai et revint effacer ses empreintes.

La pluie se mit à tomber :

– J'exige que tu poursuives l'entretien des lieux, dit le mille-pattes. Tu te mettras à l'abri une fois le travail terminé.

25 L'oiseau prit le balai entre ses pattes pour nettoyer le terrain en voletant, car il salissait les endroits déjà balayés chaque fois qu'il se posait sur le sol.

Lorsqu'il eut fini, le champ était plus propre qu'il ne l'avait jamais été.

30 Des années s'écoulèrent sans aucun autre incident.

Un jour, pourtant, le pigeon trouva le mille-pattes dans son champ de maïs.

– Que viens-tu faire dans mon domaine à cette heure où le soleil radieux incite tout le monde à rester chez soi pour dégus-
35 ter un verre d'eau fraîche ? demanda le pigeon avec ironie.

– Je suis venu me cacher sous les feuilles de maïs de ton champ afin de me protéger des rayons tyranniques du soleil. Sur mon propre terrain, je n'avais pas d'endroit où me mettre. Il fait très chaud et je me suis dit que je pouvais profiter de l'hu-
40 midité des feuillages.

– Je comprends ton désir de sécurité. Je n'approuve cependant pas le fait que tu viennes salir ici. Regarde toi-même à quel point tes pattes ont saccagé ma plantation de maïs par ici et d'arachides par là !

45 – Mais je ne l'ai pas fait exprès, répliqua l'animal en faute. Mes pattes étant ce qu'elles sont, je ne saurais pas me déplacer sans laisser de traces sur mon passage.

– Ce n'est pas mon problème. Je veux retrouver mon champ propre. Prends le balai que j'ai là, à côté du manguier, et enlève
50 toutes les traces le plus vite possible.

Le mille-pattes, indigné, se mit à balayer.

Il y passa des heures, mais ses efforts furent vains.

Au contraire, ses pattes, dont il ne pouvait se défaire, salissaient de plus en plus le terrain.

55 Plus il travaillait, plus il endommageait les légumes et les arachides sous ses pieds.

Le soleil, qui semblait avoir disparu dans les nuages, revint avec une chaleur étouffante.

Le mille-pattes n'en pouvait plus. Il demanda au pigeon la 60 permission de se reposer un peu à l'ombre des feuillages jusqu'au soir, afin de reprendre le travail quand le soleil aurait disparu du firmament.

– Non, pas question, répondit le pigeon. Tu m'as obligé, sans pitié, à faire disparaître mes traces de ton champ. Je te refuse à 65 mon tour toute trêve. Fais un effort pour finir, si tu veux du repos.

– Je n'en peux plus. Les rayons me brûlent le corps.

– Courage, il faut apprendre à ne pas exiger des autres ce qu'on n'est pas capable de réaliser soi-même.

70 « Il est vrai, en effet, pensa le mille-pattes, que le sort sait souvent rendre justice. Si je n'avais pas été sévère avec mon voisin, je ne serais pas aujourd'hui si misérable. Je souffre atrocement, mais puisque je ne pourrai partir d'ici qu'après avoir achevé mon œuvre, je vais tenter une dernière fois mon ultime 75 chance. »

Suite à ses efforts répétés sous le soleil ardent, le mille-pattes, abattu par la fatigue et détruit par la chaleur, eut une fin fort triste : mort dans le pire des tourments et sans avoir terminé son ouvrage.

BIEN LIRE

LE PIGEON ET LE MILLE-PATTES

- **Pourquoi le pigeon traverse-t-il le champ de son voisin ?**
- **La raison est-elle la même pour ce dernier lorsqu'il est trouvé sur le territoire de l'oiseau ?**
- **Que pense le mille-pattes de ce que lui a dit le pigeon (p. 125) ?**

L'Ogre et le Paysan

Dans un village, vivaient en parfaite harmonie un ogre et un paysan.

Celui-ci avait trois enfants : deux jeunes filles et un garçon.

Un jour, l'ogre, qui possédait des arachides, proposa à son voisin :

– Je te donnerai une partie de mes arachides pour faire ton champ, si tu m'apprends à cultiver les miennes.

– D'accord !…

Le paysan accepta le marché avec plaisir.

Ils se mirent à travailler la terre durant des jours. Ils finirent de la défricher à l'arrivée de la saison des pluies.

Le jour de l'ensemencement[1] venu, le paysan s'adressa à son voisin en ces termes :

– Il faut décortiquer tes arachides et griller les graines avant de les semer. Le rendement sera ainsi meilleur.

L'ogre fit griller toutes ses arachides, puis partit les planter.

Le paysan et l'ogre, ce jour-là, prirent soin de leur champ. Ils travaillèrent jusqu'à la tombée de la nuit et finirent les semailles. Fatigués, ils rentrèrent chez eux, satisfaits.

Quelques jours plus tard, ils revinrent voir si leur culture était bonne. À la vue du champ du paysan, tous furent joyeux, car les arachides y avaient poussé de façon abondante.

Ils se rendirent ensuite sur le champ de l'ogre. Quelle décep-

1. Action de semer.

tion ! Aucune arachide n'y avait poussé ! Tout le terrain était
25 couvert d'herbes sauvages.

Son propriétaire, déçu, interrogea son compagnon.

– Comment ton champ a-t-il pu donner de bons fruits et pas le mien ?

– Ne t'inquiète pas, le rassura le paysan. Tes arachides pous-
30 seront un peu plus tard que les miennes.

Ils rentrèrent chez eux.

Des jours durant, l'ogre retourna plus d'une fois sur son champ. Celui-ci, malheureusement, ne produisait toujours rien.

35 Entré dans une grande colère, l'ogre se rendit chez les laboureurs du voisinage et leur demanda :

– Dites-moi, quand vous cultivez des arachides, comment faites-vous ? Enlevez-vous les écorces et grillez-vous les graines avant les semailles, ou faites-vous autrement ?

40 Les autres se moquèrent de lui. Ils le prenaient pour un sot.

Cependant, l'un des paysans, qui eut peur de la tournure que pouvaient prendre les choses au cas où l'ogre viendrait à se fâcher, lui dit :

– Toutes les graines, une fois grillées, deviennent stériles à la
45 culture. Si tu as fait pareil avec tes arachides, c'est normal qu'elles ne se reproduisent plus.

À ces propos, l'ogre comprit qu'il avait été trompé. Pour se venger, il se lança à la poursuite du paysan et de ses enfants. Il dévora sans pitié le père et ses deux fillettes avant que le

50 chasseur, alerté par le jeune fils du paysan, ne l'atteigne mortellement d'une flèche.

Depuis cette histoire, les petits enfants craignent les ogres.

BIEN LIRE

L'OGRE ET LE PAYSAN

- **Lequel des deux personnages trahit l'autre ? Pourquoi ?**
- **L'un des paysans dit la vérité à l'ogre. Qu'est-ce qui le pousse à le faire ?**

Le Léopard, le Vautour et la Tortue

Un léopard était devenu veuf et sa femme, en mourant, lui avait laissé sept petits léopardeaux.

Du vivant de son épouse, il n'avait pas l'habitude de rester avec les enfants ; il décida donc d'engager une nourrice qui veillerait sur eux.

Il se mit à en chercher une, mais n'en trouva point. Tous les voisins de la brousse se méfiaient de lui.

Cela dura jusqu'au jour où il rencontra, au bord d'un lac, une tortue :

– Chère tortue, voudrais-tu me garder les enfants, contre salaire, à chacune de mes absences ? suggéra le félin.

– Bien sûr, avec plaisir, dit la tortue.

Le léopard, content d'avoir enfin trouvé une gardienne, partit en quête de gibier.

Il revint le soir avec une antilope que la tortue prépara pour le souper.

Des mois s'écoulèrent. Le léopard, très occupé, ne visitait plus la tanière où vivaient ses petits.

Chaque fois qu'il apportait du gibier, il appelait la nourrice, lui donnait à manger et demandait si les enfants se portaient bien, puis il s'en retournait chasser.

Un jour, il fit grand soleil. Partout régnait une chaleur vive.

La tortue et les petits félins avaient très chaud dans le trou où ils vivaient. Ils décidèrent de sortir jouer en plein air.

Pendant qu'ils s'amusaient au-dehors, un vautour vint à passer par là.

Il vit avec surprise la tortue qui surveillait les léopardeaux. Il ne pouvait passer son chemin sans s'en mêler.

Il descendit de l'arbre où il se cachait et vint trouver la sentinelle.

– Bonjour, amie tortue, dit le vautour. Que fais-tu au milieu des petits du léopard ?

– Je travaille pour lui. Je suis la nourrice de ses enfants.

– Tu t'occupes des petits d'autrui ? Et les tiens, qu'en as-tu fait ?

– Ils sont déjà grands et se débrouillent bien sans moi.

– Tu m'étonnes. Le léopard nous attaque nuit et jour. Personne ne vit tranquille ici, à cause de lui, et toi, tu oses protéger ses petits qui vont nous traquer à l'avenir. Comment est-ce possible ? demanda le vautour nerveux.

– Ce que ces enfants deviendront plus tard m'importe peu. Le léopard paie bien. Il est généreux avec moi et je n'ai rien à lui reprocher directement.

– Écoute-moi, tuons les petits et mangeons-les. Sinon, ce seront eux qui, une fois grands, nous massacreront.

– Non, je ne peux pas accepter un pareil carnage. Je sais qu'une fois le forfait commis, toi, grâce à tes ailes, tu te tireras d'affaire. Mais moi, que deviendrais-je ? Je suis toujours clouée au sol et je porte une lourde carapace sur le dos. Je ne saurais échapper à la vengeance du félin.

Le vautour comprit alors que la tortue était déterminée à rester loyale envers le léopard.

Sans insister davantage, il s'envola vers le sud.

Plusieurs jours s'écoulèrent jusqu'au moment où l'on vint apprendre à la tortue que le léopard avait dévoré un de ses enfants.

Le vautour avait également appris la mauvaise nouvelle. Sans perdre de temps, il s'en alla voir la tortue.

– Chère tortue, c'est avec peine que j'ai appris que ton fils bien-aimé venait de mourir. J'aimerais partager ta douleur.

– Je suis déçue. Je croyais que l'ingratitude avait des limites, mais je me suis trompée, constata la tortue.

– La méchanceté est une maladie qui ne se guérit pas. Le fauve vient, par son crime affreux, de t'en donner la preuve. Il te reste une chance de te venger : ses enfants !

– Cette fois, je partage ton idée. Mais j'ai peur que le félin ne constate la disparition des siens avant même que je ne me sois mise à l'abri.

– Est-ce qu'il vient tous les jours les voir ?

– Non, depuis que je suis en service, il n'est plus descendu dans le trou. Il apporte la nourriture et m'appelle au-dehors, pour avoir des nouvelles de ses petits.

– Le léopard n'est pas malin. Il ne sait pas calculer. Comme il a sept enfants, nous en mangerons un chaque jour et ce, jusqu'au dernier. Si, entre-temps, il souhaite les voir, tu lui montreras à l'extérieur de la tanière ceux qui restent.

– Et s'il s'aperçoit qu'il en manque ?

– Dans ce cas, tu lui feras voir plusieurs fois le même petit, jusqu'au jour où nous en aurons fini.

Les deux complices sautèrent sur un petit léopardeau et le mangèrent avec grand appétit. Tous deux apprécièrent sa chair.

Puis le vautour s'envola, espérant revenir le lendemain pour un autre festin.

Le jour suivant, de grand matin, le léopard revint de la chasse, apportant, comme de coutume, la nourriture pour ses enfants.

Avant de repartir, il demanda à la tortue si rien ne manquait à ses petits.

– Ils vont tous bien. Ils ont grandi au point que, pour la première fois, je serais heureuse de vous les présenter.

La tortue, sans se faire prier, décida de montrer à son maître le reste des enfants, chaque fois qu'il reviendrait. Lorsqu'il en manquait un, elle montrait plusieurs fois le même petit.

Les choses se passèrent ainsi jusqu'au moment où il n'y en eut plus aucun. À ce moment-là, le vautour proposa d'emmener la tortue dans un arbre, au cœur de la forêt, là où le léopard ne la verrait plus.

Résignée, celle-ci accepta l'offre.

Le vautour l'emporta donc au sommet de l'arbre et y cacha sa complice.

De retour de chasse, le léopard ne trouva personne auprès de sa tanière.

Il appela la tortue, mais seul l'écho de sa voix lui revenait. Il descendit dans le trou et ne trouva ni la tortue, ni ses petits.
105 Fou de colère, il se mit à chercher partout.

Il fut frappé d'horreur en découvrant les cadavres mutilés de ses enfants dans un buisson touffu.

Au comble du désespoir, il rendit visite à son voyant pour connaître l'auteur d'un acte aussi abject[1].
110 Il apprit que la tortue et le vautour étaient les coupables et que la tortue avait été mise à l'abri dans un arbre.

– Si tu veux attraper la tortue, dit le féticheur, appelle-la par son nom de famille, « Nkudi ». Ce nom n'est connu que par les siens. Les autres animaux ne le connaissent pas. Si tu l'appelles
115 « Nkudi », elle croira que tu es un membre de sa famille et n'hésitera pas à répondre à ton appel.

Le léopard partit à la recherche de la tortue.

En chemin, le félin chantait et lançait des appels :

– Nkudi, de la grande famille des eaux et de la terre, où te
120 caches-tu, ma sœur ? Je viens d'un pays lointain et je t'apporte des nouvelles de chez nous.

Le chant attira l'attention de la tortue. Elle sursauta en disant :

– Quel bonheur ! Une sœur venue de loin glorifie mon nom.
125 Je dois lui répondre.

Folle de joie, elle se mit à chanter l'éloge de son hôte.

---

1. Horrible.

Son chant était si merveilleux que le léopard en resta un moment extasié[1].

En suivant la direction de la voix de la chanteuse, le félin par-
130 vint sous l'arbre au sommet duquel était juchée la tortue.

Il grimpa en entamant son chant de guerre :

– Je grimpe, je grimpe comme un lézard, capturer l'ennemie cachée dans cet arbre creux et noueux. L'infâme doit payer ses forfaits !…

135 La tortue écouta attentivement la chanson et prit peur. Alertée, elle tremblait d'angoisse.

Puis une idée lui vint à l'esprit : faire appel au vautour.

Elle se mit à chanter :

– Ami au bec retors[2], toi qui voles librement dans les airs,
140 nous avons mangé ensemble les enfants du léopard. Après le carnage, nous avons apprécié leur chair. Aujourd'hui, je suis poursuivie et je t'appelle à mon secours.

Le vautour entendit sa demande. Il accourut et enleva immédiatement son amie des griffes du poursuivant.

145 Il alla ensuite la camoufler dans un buisson. Il lui recommanda de ne plus répondre à des appels. Le léopard, fatigué par ses recherches vaines, s'étendit non loin du buisson où, précisément, se cachait la fugitive.

Longtemps après, la tortue se crut hors de danger. Elle sortit
150 de son abri, désireuse de se promener.

---

1. Charmé.
2. Tordu.

Le léopard, l'ayant aperçue, fit un bond pour la saisir.

La tortue, paralysée de peur, supplia le félin de l'autoriser à rendre une dernière visite à sa famille au bord du fleuve.

Dans un dernier élan de bonté, le léopard y consentit. Il 155 ramena sa captive auprès des siens pour des adieux.

À peine s'étaient-ils approchés de l'eau que la tortue bondit à terre et plongea.

Elle nagea lentement et disparut de la surface du fleuve.

Le léopard se rendit compte qu'il avait été berné une fois de 160 plus, mais son attente prolongée lui indiqua que la tortue avait disparu dans les eaux profondes pour toujours.

BIEN LIRE

LE LÉOPARD, LE VAUTOUR ET LA TORTUE

- **La tortue a-t-elle peur du léopard ?**
- **Que reproche le vautour à la tortue ? A-t-il raison ?**
- **Quel est le fait qui amène la tortue à changer de comportement ?**
- **Le vautour est-il fidèle ?**

Le Serval[1] *et le Ratel*[2]

L'aube s'étirait sur les arbres, étendant ses clartés furtives sur le monde.

Le serval et le ratel, tôt levés, s'en allèrent en quête de gibier. Chemin faisant, ils trouvèrent un zèbre mort.

5 Ils ne savaient pas comment le déplacer jusqu'à la maison, tant cette bête était lourde…

– Qu'allons-nous faire ? demanda le ratel. À nous deux, il n'est pas possible de mettre notre trouvaille à l'abri des voleurs.

– Ne t'inquiète pas. Retournons prendre des corbeilles pour 10 ramener au village toute cette bonne chair.

– Si nous partons, un passant peu scrupuleux pourrait venir s'en emparer. Va au village proche, suggéra le ratel, cours-y vite. Tu trouveras là-bas des hommes à qui demander les paniers dont nous avons besoin.

15 Le serval partit très vite.

Il arriva près d'une maison et vit une poule qu'une habitante du village avait attachée à un poteau.

Et, sans gêne, il s'attaqua à la pauvre volaille et la dévora.

Il chercha autre chose à se mettre sous la dent et entra dans 20 une ferme où il prit les chèvres d'assaut.

– Ah ! Que mes ancêtres sont généreux ! Je ne m'attendais pas à une pareille chance ! Quelle aubaine ! Et dire que j'étais venu

---

1. Grand chat sauvage.
2. Mammifère carnivore blanc, argenté et noir.

chercher des paniers ! s'exclama l'intrus.

Heureux, le serval abandonna sa mission. Il n'avait plus faim.

25 Désespéré d'attendre son ami, le ratel partit chez lui prendre des corbeilles.

Fou de joie, il repartit au galop vers la forêt où se trouvait le zèbre mort.

Chemin faisant, il parlait à voix haute :

30 – Courez, hâtez-vous d'arriver au cœur de la forêt, là-bas, tout près de la source d'eau limpide. C'est là que gisent les zèbres morts. Courez, pauvre ratel, vous en aurez autant que vous voudrez, répétait-il.

Les autres animaux de la steppe et de la savane l'entendirent, 35 répétèrent ses paroles et, bientôt, toute la brousse sut qu'il y avait de quoi rassasier tous les affamés.

Alors, on vit sortir des forêts et des buissons, des fourrés et des tanières, tous les mangeurs de viande : lions, léopards, chacals, chats sauvages.

40 Ils accouraient tous à l'endroit du festin. Même les caïmans quittaient les fleuves et les rivières pour prendre leur part du butin.

Le serval, qui se trouvait toujours dans la ferme, en sortit, ahuri, en voyant ce qui se passait. D'innombrables carnivores se 45 bousculaient, pressés d'arriver les premiers. Surpris, le serval inquiet se dit :

– Il y a sûrement beaucoup plus à manger là-bas ; il serait dommage de ne pas m'y rendre. J'en profiterai pour faire des provisions.

50 Impatient, il partit très vite vers le cœur de la forêt. Malgré ses efforts, il fut battu au galop.

Le ratel, qui voyait passer la gent animale, galopante et bondissante, finit par s'inquiéter.

Il pensa :

55 – Ce doit être vrai que cette forêt est pleine de zèbres morts. Je serais bien sot de ne pas en profiter.

Et, abandonnant la charogne qu'il était en train de dépecer, il se mit à poursuivre une bande d'hyènes, trottant en direction de la forêt, vers la source d'eau limpide, convaincu par la 60 rumeur de l'abondance.

BIEN LIRE

LE SERVAL ET LE RATEL

- **Le serval oublie vite son ami. Pourquoi ? Qu'en pensez-vous ?**
- **Que pense le ratel à la fin du conte ? Que fait-il ?**

Le Chat et l'Argent

Du temps de nos ancêtres, l'argent n'était pas connu des hommes.

À cette époque-là, le chat était lui aussi un animal de la forêt.

Cependant, les hommes étaient en guerre contre les animaux.

Un matin, ces derniers décidèrent de se choisir un espion habile et intelligent. Au grand mécontentement de la souris, ils désignèrent le chat pour ce travail.

Celui-ci partit alors au village des hommes pour les épier.

Arrivé près des habitations, il découvrit les enfants qui jouaient un peu à l'écart. Leurs jeux l'amusaient, l'intriguaient et le passionnaient.

L'espion s'approcha du groupe des petits, sans crainte ni agressivité.

D'abord surpris et apeurés par la présence d'un ennemi parmi eux, les enfants cessèrent de rire et de chanter ou de faire des grimaces.

Mais, à leur plus grande surprise, le chat était sympathique et doux à caresser. Il manifesta beaucoup d'attention à leur égard. Leur crainte disparut peu à peu et l'intrus devint un ami.

Choyé[1], il ne retourna plus dans la forêt.

Un matin, l'argent se promenait près du village. Il entendit

---

1. Cajolé.

le chat qui criait très fort. Il s'interrogea sur ce qu'il était allé faire au village des hommes.

25 Étonné et curieux, l'argent décida d'en savoir plus.

Il se camoufla dans un bosquet et appela secrètement le chat près de lui :

– Qu'es-tu venu faire ici ? N'es-tu pas au courant que c'est la guerre ? s'empressa-t-il de l'interroger.

30 – Je le sais, mais j'ai choisi de vivre avec les humains.

– Mais pourquoi miaules-tu si souvent ? Es-tu malheureux ? s'inquiéta son interlocuteur.

– Je le fais pour avoir à manger et pour obtenir des caresses. Cela n'a rien de dramatique.

35 – Si je viens te rendre visite au village, crois-tu que les gens seront gentils avec moi ? demanda l'argent, rêveur.

– Certainement. Je parie qu'ils seront très heureux de t'accueillir. Viens me voir demain soir et je te conduirai au village.

Le lendemain soir, l'argent vint au rendez-vous pris avec le 40 chat.

Le félin lui proposa de le porter sur son dos pour aller plus vite.

– D'accord, je monte sur toi, répondit-il, reconnaissant.

Le félin, joyeux d'avoir un ami, sautait de plaisir. Il courait à 45 travers les prés, les champs et les arbres, pressé d'arriver au village.

Plus tard, ils firent leur entrée dans une maison. Un groupe de gens y mangeait. Le chat, imprudent, renversa l'assiette d'un homme qui avait faim.

Celui-ci se mit en colère. Furieux, il prit un petit bâton. Il
50 pourchassa l'animal en le frappant.

Les coups atteignirent l'argent qui était resté accroché sur le dos du chat.

Pris de peur, l'argent tomba par terre et courut se cacher sous une natte en s'écriant :

55 – Tu m'as trompé ! Tu m'avais dit que les hommes se comportaient très gentiment avec toi, sans mentionner qu'en réalité, ils te battaient.

Les hommes avaient remarqué la présence de l'intrus et se mirent à sa recherche.

60 L'un d'entre eux découvrit l'argent. La pièce d'argent brillait comme de l'or.

Tout le monde voulut la posséder.

Chaque personne qui désirait entrer en sa possession devait l'échanger contre un objet de valeur. Ainsi, l'argent se mit à cir-
65 culer de main en main et de poche en poche.

BIEN LIRE

LE CHAT ET L'ARGENT

- **Avec qui le chat sympathise-t-il en premier ?**
- **Pour quelles raisons l'argent accepte-t-il de suivre le chat ?**
- **Trouve-t-il ce qu'il attendait ?**

Le Roi Corbeau

Quelle douceur ! La brise propageait les parfums d'ananas. Les papayers suspendaient leurs fruits d'un jaune pur au sommet de troncs élancés et frêles. Les tisserins[1] dans les palmiers piaillaient parmi les grincements des bambous et des roseaux.

5 Le corbeau, roi du pays des oiseaux chasseurs, vit naître, dans une famille de martins-pêcheurs[2], une jolie fille, la plus belle qu'on eût pu concevoir.

Elle était si ravissante qu'un martin-pêcheur vint solliciter sa main auprès de ses parents.

10 Ces derniers l'acceptèrent, mais le mariage effectif ne pouvait avoir lieu qu'après le consentement de Sa Majesté.

Le prétendant dut donc se rendre auprès du roi corbeau.

Celui-ci, jaloux d'imaginer la plus belle fille du royaume mariée à un autre, décida de décourager le soupirant en le sou-15 mettant à une rude épreuve.

– Je veux que tu me prouves l'attachement que tu as envers ta fiancée en m'apportant une anguille électrique.

– Ô Majesté, je vous en supplie ! Permettez-moi de vous rapporter un autre poisson. Le poisson électrique est très dange-20 reux. Il paralyse à mort tous ceux qui le touchent. Il pourrait me tuer, dit le prétendant, suppliant.

---

1. Oiseaux qui tissent des nids suspendus.
2. Petits oiseaux qui se nourrissent de poissons.

– Je ne mangerai rien d'autre à ton mariage. Fais le nécessaire pour me donner satisfaction !

Triste, l'oiseau d'eau partit immédiatement à la rivière pêcher l'un de ces poissons. Mais, chaque fois qu'il voulait en saisir un, le poisson lui envoyait une décharge électrique qui lui faisait lâcher prise.

Plusieurs mois s'écoulèrent ainsi. Le martin-pêcheur, inlassable, voltigeait toujours désespérément, tentant de nouveaux essais, essuyant de nouveaux échecs.

Un jour qu'il s'était réveillé de grand matin, il sortit de son nid avant le lever du soleil. Il prit une nasse et une gibecière[1] et descendit au fleuve. Il déposa doucement la nasse au fond des eaux et attendit. Plus tard, une anguille électrique pénétra dans le piège et fut prise.

Content, le martin-pêcheur s'empressa de la saisir. Il s'en alla l'offrir comme dot au roi corbeau, qui lui accorda enfin la plus belle fille du royaume en mariage.

Des années passèrent. Un jour, le roi corbeau fut obligé par son peuple de se marier.

Il ne trouva pas dans son pays une princesse de pur sang.

Il envoya son valet auprès d'autres souverains solliciter la main d'une fiancée de sang royal.

Celui-ci revint l'informer que la seule princesse libre était au pays du martin-pêcheur.

---

1. Sac dans lequel on met ce que l'on a chassé, ici, pêché.

Le roi corbeau partit, suivi de sa cour, voir le martin-pêcheur afin de lui demander la main de la princesse.

– Je veux que tu m'apportes de la fumée en guise de dot si tu veux que je bénisse tes fiançailles, dit le roi martin-pêcheur au prétendant.

Le roi corbeau et sa suite s'envolèrent, nantis[1] de courage, pour capturer la fumée.

Il aperçut de loin la fumée de champs que brûlaient les cultivateurs. Il s'en approcha pour l'apprivoiser.

Il y pénétra avec sa suite afin de la saisir, mais ses efforts restèrent vains[2].

À plusieurs reprises, il essaya de capturer la frileuse fumée. Il descendit jusque dans ses noirs tourbillons.

Il avait mal aux yeux et perdit la moitié de ses plumes.

Sa suite, aveuglée par la masse épaisse des nuages, se consuma dans le feu. Épuisé, le roi corbeau retourna, bredouille, voir le martin-pêcheur.

– Je n'en peux plus. La fumée est insaisissable. C'est une dot impossible.

– Sa Majesté la princesse est là, attendant impatiemment que tu m'apportes ton gage. Un peu d'effort pour mériter son estime ! L'abandon n'est pas digne d'un souverain.

Le roi corbeau s'envola de nouveau pour capturer la fumée,

---

1. Pleins de.
2. Inutiles.

mais ses efforts sont restés inutiles jusqu'à ce jour : il n'a tou-
70 jours pas réussi à la maîtriser.

Il ne se décourage pas, cependant, et nous le voyons toujours errer auprès de la fumée des champs qui brûlent, essayant de s'en emparer pour épouser celle qu'il aime.

BIEN LIRE

LE ROI CORBEAU

- **Quel est le choix auquel se trouve confronté le martin-pêcheur ?**
- **Comment réussit-il ? Quel trait de son caractère cela démontre-t-il ?**
- **En quoi la fin du conte ressemble-t-elle au début ?**

La Revanche de l'éléphant

À l'âge d'or, l'éléphant, dit-on, avait très peur.

Les hommes ne lui laissaient jamais un instant de repos. Un jour, la foudre le vit s'enfuir à grands pas et l'appela :

– Éléphant, grand comme tu es, pourquoi as-tu peur des hommes ?

– Ils me tueront si je ne les fuis pas.

– Je n'ai peur de personne, assura la foudre. Si je me déchaîne, je peux tout détruire sur mon passage. Tous les vivants me craignent.

– Pourquoi ont-ils peur de toi ?

– J'ai une force terrifiante. Si je tombe sur un être, c'est pour le mettre en morceaux. Si tu désires te faire respecter, j'accepte de t'aider.

– D'accord, je veux bien, répondit l'éléphant, rêveur.

– Écoute, suggéra la foudre, tu vas lier ta trompe autour de ce cocotier. J'enverrai une décharge dans l'arbre pour te transmettre la force dont tu as besoin. Tu ne dois pas lâcher prise, malgré la gravité des vibrations.

L'éléphant y consentit. Il noua sa trompe autour de ce cocotier et attendit.

Le ciel devint sombre. La foudre grondait. La terre tremblait. Les arbres s'inclinaient à chaque détonation.

Les éclairs se brisaient dans les nuages. Les animaux affolés se réfugiaient là où ils trouvaient des abris sûrs.

25 L'éléphant eut très peur. Il voulut s'échapper, quand soudain la foudre éclata, énergique.

Elle expédia une grande décharge électrique dans le cocotier, transmettant ainsi sa puissance à l'éléphant.

– Maintenant, dit la foudre, tu n'auras plus peur de per-
30 sonne. Tu es devenu redoutable, tant pour les hommes que pour le reste des animaux.

Heureux, l'éléphant s'en alla faire un tour dans le village. Là, il ravagea les champs de manioc[1], de maïs, d'ignames[2] et de café.

Les hommes étaient tous absents : les uns étaient partis à la
35 chasse ou à la pêche et les autres étaient à la cueillette.

Seuls les femmes et les enfants gardaient le village.

Voyant l'animal piétiner leurs biens, les habitants prirent de petits bâtons pour le chasser. Mais celui-ci lâcha un terrifiant cri de guerre et se lança à leur poursuite.

40 Les femmes et les enfants, effrayés, s'enfuirent dans la brousse, épuisés, les habits déchirés et maculés[3].

La femme du chef du village prit le tam-tam. Elle se mit à le battre de toute la force de ses mains, appelant les absents à leur secours :

45 – Vaillants guerriers partis en chasse, revenez vite ! L'éléphant détruit en masse nos champs et nos maisons.

L'appel se répandit au bord des lacs et des rivières. Les hommes, furieux, revinrent au village. Constatant les dégâts

---

1. Racines comestibles.
2. Plantes grimpantes dont le fruit est comestible.
3. Tachés.

causés, ils partirent à la poursuite de l'ennemi. L'éléphant, caché derrière les palmiers, vit venir ses assaillants[1].

Calme, il leur jeta un regard féroce. Les hommes n'eurent pas peur.

Pris d'une ardente fureur, l'animal se lança à l'attaque. Il fonça vers ses adversaires et en mit de nombreux en quartiers.

Les hommes ne purent tenir longtemps et prirent bientôt la fuite.

Depuis lors, les hommes et les éléphants se méfient les uns des autres.

1. Personnes qui se jettent sur quelqu'un ou quelque chose.

LA REVANCHE DE L'ÉLÉPHANT

- **Pourquoi la foudre accepte-t-elle d'aider l'éléphant ?**
- **Qui est resté au village que l'éléphant attaque ?**
- **Qui sort vainqueur du combat final ?**

Le Rollier[1] et l'Okapi[2]

Il était une fois deux amis très intimes : le rollier et l'okapi.

Ils s'entendaient à merveille et se faisaient bon nombre de confidences. Cependant, ils avaient convenu de ne se cacher qu'un seul secret : les moyens que chacun d'eux mettait en
5 œuvre pour obtenir sa récolte.

Tout alla bien durant des années, jusqu'au jour où une grande sécheresse vint s'abattre sur le pays.

Par manque d'eau, plusieurs champs de manioc[3], de maïs et d'arachides furent abîmés et d'autres ravagés.

10 Les terrains cultivés à cette époque-là furent tous victimes de la sécheresse et des criquets pèlerins.

Ces derniers ne laissèrent derrière eux que ruines et désolation.

La seule récolte assez bonne du pays fut celle des domaines agricoles exploités par le rollier.

15 Cela ne laissa pas l'okapi indifférent. Il commença à s'interroger sur les méthodes que son voisin avait employées pour réussir là où tout le monde avait échoué.

Un matin, très tôt, le rollier rendit visite à son ami. Celui-ci le reçut avec affection. Il lui offrit la moitié du vin de palme[4]
20 qu'un de ses voisins lui avait apporté la veille.

Le rollier apprécia beaucoup cette boisson. Il la trouva délicieuse et ne put contenir sa joie d'y avoir goûté.

---

1. Oiseau à plumage bleuté.
2. Mammifère proche de la girafe.
3. Racines comestibles.
4. Vin fait à partir du palmier.

Ils passèrent ensemble une très belle journée.

Très satisfait de l'accueil chaleureux que son ami avait bien
25 voulu lui réserver, le rollier dit à l'okapi :

– Cher ami, je suis très heureux de la manière dont tu m'as accueilli. C'est la preuve que ton amitié est sincère. Certes, je tire de mes champs des produits de qualité. Et pourtant, le mauvais temps et les insectes détruisent moissons et semences
30 dans le pays. J'ai une proposition : demain, je vais aller brûler la brousse et défricher la terre afin d'y cultiver le maïs. Je voudrais que tu m'accompagnes. Ainsi, je t'apprendrais à labourer des champs que les bestioles ne sauraient endommager.

L'okapi accepta l'invitation avec grande joie.

35 Ils se mirent d'accord pour partir dès le premier chant du coq.

Ils se dirent au revoir et chacun rentra chez soi.

Le soleil disparaissait déjà dans le ciel quand le rollier arriva au logis.

Il prépara minutieusement ce dont il aurait besoin au réveil :
40 nourriture, allumettes, houe[1], pioche, et une cruche en argile cuite.

Après ce long travail, il s'endormit dans son lit de paille. Le lendemain matin, l'okapi fut réveillé par le chant du coq. Il partit ensuite frapper à la porte de son ami rollier. Celui-ci vint lui
45 ouvrir. Ils prirent tous deux un petit déjeuner copieux. Rassasiés, ils se mirent en route.

Le rollier emmena sur son dos ses bagages et sa cruche.

---

1. Instrument utilisé pour labourer.

Ce récipient attira l'attention de l'okapi, qui voulut savoir à quoi elle servait.

50 – La cruche que tu vois, confia le rollier, est ma seule protection contre le feu de brousse. Elle me sert dans le travail des champs, mais aussi pour puiser l'eau de rivière afin d'arroser les semences pendant la saison sèche.

Surpris par cette révélation, l'okapi resta sceptique[1] mais 55 curieusement rêveur.

Chemin faisant, ils trouvèrent une grande étendue de steppe et de savane sauvages.

– Tu vois, dit le rollier en montrant du doigt la vaste brousse qui s'étendait devant eux, tout ce terrain m'appartient. Je vais le 60 cultiver en entier.

– Je ne comprends pas ce que tu veux dire, fit remarquer l'okapi, étonné. Comment vas-tu faire pour transformer cette savane sauvage en terrain de culture ?

– C'est là qu'intervient mon secret. Je commence tout 65 d'abord par brûler la brousse ; ensuite, je défriche la terre avant et après les semailles. Là, ma méthode diffère de celle que les gens du pays utilisent. Ils cultivent la terre sans tenir compte ni de l'état du terrain, ni des variations saisonnières.

– Et comment fais-tu pour trouver l'eau en période de séche-70 resse ?

– En période de grandes pluies, je remplis toutes mes cruches d'eau et je les conserve pour la saison sèche.

1. Qui doute de quelque chose.

– Ton idée est vraiment géniale. Comment l'as-tu trouvée ?

– C'est un secret qui me vient des ancêtres. Il remonte à plusieurs générations. Il m'a été légué par mes parents à leur mort. Je leur rends hommage à chaque nouveau champ.

– Et comment ça ?

– Il s'agit d'un rituel. J'entoure de feu le terrain que j'ai choisi de transformer en terre cultivable ; puis, je pénètre dans le brasier. Là, j'honore mes aïeux par des chants et des danses. Ainsi, mes ancêtres protégeront ma culture du sol.

– Comme tout cela me semble étrange ! fit remarquer l'okapi.

– Ne sois pas surpris, cher ami. Il n'y a aucun mystère sur terre dont nos ancêtres ne connaissent le secret. Maintenant, je vais te montrer comment cette brousse peut se transformer en terre fertile. Je vais débuter mon travail. Dès que le feu aura pris, je te quitterai pour y entrer.

– Es-tu sûr que les flammes ne te feront aucun mal ?

– N'aie crainte. Je ne peux pas y mourir. Tu vas assister à un grand spectacle.

– Si tu es très sûr de tout ce que tu me dis, j'aimerais moi-même allumer ce feu. Au moins, je serai certain que tu ne te caches pas dans quelque autre endroit.

– D'accord.

L'okapi, très enthousiasmé à l'idée d'assister à une scène sans précédent, entoura allègrement la brousse de feux.

Quand il eut terminé, il contourna l'incendie pour s'assurer

qu'il n'y avait plus aucune issue possible. Puis, il se rendit
100 auprès du rollier. Pendant un instant, les deux amis regardèrent la brousse qui flambait et vomissait les flammes comme un volcan en éruption.

– Tu me vois ? demanda le rollier à son compagnon.

– Oui, répondit l'autre.

105 – Eh bien ! Je vais pénétrer dans le feu avant que la fumée ne vienne troubler ta vue. J'y chanterai jusqu'au moment où les flammes auront complètement cessé.

Le rollier prit alors sa cruche et s'envola au cœur de la brousse. Là, le feu n'était pas encore arrivé.

110 Il creusa avec rapidité un trou de la dimension de sa cruche, qu'il plaça au fond.

Le feu tardait un peu à s'approcher. Il prit la précaution de laisser encore le couvercle entrouvert.

Ainsi, il pouvait chanter, danser et se faire entendre. L'okapi,
115 qui se trouvait de l'autre côté de la rivière, s'inquiétait.

Tout à coup, un vent sec vint souffler sur les flammes et les agita de façon effrayante. Voyant le feu qui prenait de plus en plus d'ampleur, l'okapi eut très peur et cria à son ami :

– Oh !... Oh !... Échappe-toi de là si tu n'es pas très sûr d'en
120 sortir vivant ! Hé !... Oh !... Oh !... Sors vite si tu ne veux pas être grillé !

Malgré ses appels, le rollier fit semblant de n'avoir rien entendu et continua de chanter. Il assura même à son compagnon craintif qu'il éprouvait des sensations merveilleuses : il

125 voyait des femmes plus belles qu'on ne peut en trouver sur terre ; il dialoguait avec ses ancêtres morts depuis de nombreuses générations, il buvait et mangeait avec eux. Que de choses il lui racontait pour l'impressionner !

Ce sang-froid rassura l'okapi inquiet.

130 Pendant ce temps-là, le feu avait redoublé d'effort.

Il envahissait tous les côtés et même le centre du champ.

Le rollier s'en aperçut.

Il entra entièrement dans la cruche et s'y enferma.

Il y resta jusqu'à ce que le feu eut tout consumé.

135 Une fois le feu éteint, le rollier sortit de sa cache, vivant et sans aucune blessure.

Ce qui surprit son compère[1] qui s'empressa de courir vers lui pour l'embrasser très fort.

Ils étaient tellement émus qu'ils se mirent à pleurer. Ils pas-140 sèrent le reste de la journée à défricher la terre, puis ils retournèrent chez eux.

L'okapi était très satisfait de tout ce qu'il avait appris ce jour-là.

Il entreprit de travailler son champ comme le rollier le lui 145 avait enseigné.

Il obtint chaque fois une bonne récolte.

Cela dura de longues années.

Mais, malgré la production du rollier et celle de son ami okapi, la grande majorité de leurs voisins mouraient de faim.

---

1. Ici, compagnon.

150 Le rollier estima nécessaire de faire bénéficier la population tout entière de sa découverte.

Il convoqua les habitants du pays. Hommes, femmes, enfants et animaux de toutes espèces, tous, victimes de la sécheresse, étaient venus l'écouter.

155 Les villes et les villages avaient été désertés pour venir entendre le rollier.

Partout régnait un silence absolu.

Pas même une mouche n'était restée.

Une grande foule s'était réunie devant la demeure du bel 160 oiseau. On n'avait jamais vu autant de monde. On se bousculait. Les grands écrasaient les petits sous leurs pattes.

Le rollier arriva…

Habillé de manière impeccable, il se présenta devant l'immense foule.

165 Bien qu'il fût intérieurement très sûr de lui, il paraissait très ému.

Il salua la foule de la main et sourit joyeusement aux jolies demoiselles qui se trouvaient dans les environs immédiats.

Les gens ne cessaient de s'interroger sur ce qui allait leur être 170 dit : pour les uns, il s'agissait d'un miracle qui ferait tomber la pluie pendant la saison sèche, pour les autres, le rollier avait imaginé un moyen efficace pour éliminer les criquets migrateurs.

On n'avait encore rien trouvé contre ces insectes. À chaque 175 fois qu'ils se heurtaient à un obstacle, les criquets s'immobilisaient en tas géants et grouillants.

De leurs corps amoncelés, ils faisaient des rampes, des ponts.

Les feux que les hommes allumaient pour tenter de les écarter étouffaient sous une masse de criquets carbonisés et les vivants passaient par-dessus.

Tous les moyens connus restaient sans effet sur eux.

Le rollier expliqua clairement sa façon de cultiver.

Pour ceux qui doutaient de l'efficacité de sa méthode, il promit que quiconque n'obtiendrait pas une bonne récolte bénéficierait de l'ensemble de ses biens.

Tout le monde savait que le rollier avait d'énormes richesses et des champs productifs.

La foule retourna chez elle avec deux idées en tête : d'abord, essayer de cultiver selon la méthode du rollier et, le cas échéant, lui prendre ses biens !

Mais, d'expérience en expérience, tout le monde fut content des résultats. Pas un ne retourna chez le rollier pour se plaindre d'une mauvaise récolte. La prospérité et la joie étaient à nouveau souveraines dans le pays.

Chacun mangeait à sa faim et buvait à sa soif.

Le rollier était devenu célèbre. Toutes les belles dames et demoiselles du pays ne rêvaient et ne parlaient que de lui.

Ce qui ne manqua pas de susciter l'agacement des autres mâles.

Hélas, dans la recherche des faveurs auprès des dames, là où le choix est limité, comme en présence d'une importante somme d'argent, l'amitié des hommes se consume vite pour laisser place à l'égoïsme.

Un jour, le rollier partit à l'étranger, rendre visite à un proche parent.

Pendant son absence, la sécheresse mit le feu à la brousse et provoqua la mort de plusieurs personnes.

Beaucoup de familles fûrent dans la détresse, ayant perdu un parent ou un frère ou un cousin.

L'okapi, qui était aussi agacé depuis un certain temps du succès de son ami, imagina une astuce qui pourrait, en cas de réussite, le rendre aussi célèbre que le rollier, surtout auprès des belles filles.

La vague de chaleur ne cessant de provoquer des incendies, il fit venir les habitants. Il leur promit de leur apprendre à survivre dans le brasier.

Les villageois se regroupèrent rapidement. Ils sentaient tous la nécessité de se protéger.

Pour les convaincre, l'okapi mit le feu autour d'une petite savane.

L'animal, très sûr, pénétra à l'intérieur du brasier en jurant à tous qu'il en sortirait vivant.

Il voulait réaliser l'exploit accompli jadis par le rollier.

Mais, sitôt que le feu eut doublé de force, on entendit des cris très effrayants. L'okapi criait si fort que tous les invités prirent la fuite, apeurés.

Il connut, hélas, une fin bien triste.

À son retour, le rollier apprit avec peine la malheureuse nouvelle.

230 Il ne pouvait plus rien faire pour son ami jaloux.

BIEN LIRE

LE ROLLIER ET L'OKAPI

- **En quoi l'attitude du rollier est-elle généreuse ?**
- **Les deux amis sont-ils heureux de se retrouver (p. 155) ?**
- **Pourquoi la jalousie apparaît-elle entre eux (p. 158) ?**

Le Grillon capricieux

Il arriva dans la savane, à un moment où la charogne[1] se faisait rare, que le chacal[2], en quête des reliefs laissés par les grands fauves, rencontra l'hyène qui mourait de faim.

Ils décidèrent d'organiser une partie de chasse.

5 L'hyène n'attrapa rien et dut se contenter de la moitié d'un grand koudou[3] que le chacal avait saisi dans un de ses pièges.

Après avoir dîné, ils se promenèrent au bord du ruisseau, lorsqu'ils aperçurent un trou sous un grand arbre.

Ils eurent envie de s'y installer, descendirent dans le terrier et 10 s'y arrangèrent chacun un coin pour y dormir en paix.

Ils vécurent longtemps en parfait accord.

Comme tous deux étaient des femelles, elles tombèrent enceintes et chacune donna naissance à deux petits. Heureuses de cet événement, les deux amies promirent de manger chaque 15 jour de la viande fraîche.

Elles parcoururent chaque jour la faune en quête de gibier. Elles semèrent la panique dans toute la population.

Chaque famille de la forêt se retrouva en deuil : les cruelles ennemies avaient égorgé le père de l'une, la mère de l'autre.

20 Un jour, un grillon, hautain et surtout vicieux, se sentit capable de les séparer.

1. Cadavre, corps mort d'un animal.
2. Animal carnassier de la taille d'un renard.
3. Antilope.

Il profita de leur absence, un jour de grandes pluies, pour se rendre dans la tanière où les nouveau-nés étaient sagement restés.

– Ô Dieu de mes ancêtres ! Quelle amitié et quelle aventure ! Je n'ai jamais vu, depuis ma naissance, deux bêtes sauvages qui aient une demeure commune. Mettre des enfants au monde à un même endroit et chasser ensemble ! C'est nouveau. Je mettrai fin à leur amitié !

Les nouveau-nés étaient placés dans deux coins, soigneusement mis à distance les uns des autres. Le grillon, l'ayant remarqué, s'en alla puiser de l'eau dans un ruisseau proche.

Il remplit une calebasse[1] en argile et mélangea un peu de boue et de poussière de bois à l'eau.

Il revint renverser le liquide boueux sur les enfants du chacal. Puis il s'enfuit, content de son geste.

L'hyène rentra avant le chacal, mais ne s'aperçut de rien.

Elle allaitait ses petits lorsque sa voisine regagna le logis.

Elle trouva ses petits grelottant de froid, leur corps couvert de boue, d'eau et de charbon.

Déçu, le chacal demanda des explications à celle en qui il avait toujours eu confiance. L'hyène jura sur sa tête qu'elle n'était pas l'auteur de cet acte dégoûtant. Le lendemain, les deux voisines sortirent à nouveau ensemble et le grillon les vit partir.

En route, le chacal prétexta qu'il irait chasser seul vers le ruisseau.

---

1. Gros fruit d'un arbre souvent utilisé comme récipient.

– D'accord, répondit l'hyène, j'irai pour ma part en montagne, derrière l'autre rive.

Les deux animaux se séparèrent.

Le chacal fit semblant de partir et revint se cacher près du terrier pour y surprendre le coupable.

Il vit venir le grillon, tout joyeux, qui chantait, dansait, zigzaguait, très à l'aise.

Il portait sur la tête une calebasse remplie d'eau sale.

Le chacal l'observait calmement.

Le grillon pénétra dans le trou et versa le contenu sur les petits du chacal, juste au moment où ce dernier surgit de sa cachette. Le chacal saisit le grillon, lui tordit le cou et jeta sa tête dans la poussière. Lorsque l'hyène revint, elle ne put voir ce spectacle sans avoir à retenir ses larmes. Elle fut déçue.

Jamais elle n'aurait cru que le chacal puisse agir de cette façon, même envers un intrus provocateur. Elle ne cohabita plus avec lui.

BIEN LIRE

LE GRILLON CAPRICIEUX

- **Pourquoi le grillon propose-t-il de séparer le chacal et l'hyène ?**
- **À qui s'en prend le grillon ? Pourquoi ?**
- **La fin n'est-elle pas surprenante ?**

La Pintade et son œuf

Une pintade et son œuf, hôtes d'une même maison, vivaient en bonne harmonie.

Une nuit de saison sèche, un renard en quête de nourriture entra dans leur logis.

L'intrus s'attaqua à la pintade, qu'il se mit à battre et à déplumer sans pitié.

La pintade hurlait de douleur. Un lion qui se reposait près de là en fut énervé.

Il se mit à rugir de colère et se dirigea vers l'endroit d'où provenaient les cris.

Le renard, ayant entendu les rugissements du roi de la jungle, qui s'approchait de plus en plus, ne tarda pas à s'enfuir, laissant la pintade tout étourdie.

Le renard parti, le calme revint dans la maison.

L'œuf, ayant entendu les désagréables cris de sa mère, lui demanda ce qui se passait :

– Rien de grave, c'était le renard qui me voulait du mal. Maintenant, c'est fini, il s'est enfui à l'approche du lion et ne reviendra plus.

– Le renard a découvert notre habitation. Je crois qu'il reviendra une fois le lion hors de vue. Je ne peux supporter qu'on te veuille du mal. Sauvons-nous d'ici avant qu'il ne soit trop tard.

– Vil[1] enfant, tu n'es pas encore un poussin et tu veux déjà

1. Méprisable.

me conseiller ! Pour qui te prends-tu ? Tu te crois le plus malin, pauvre petit vaniteux[1]. Tu n'es pas plus sage que moi pour que je t'écoute.

– Non, maman, c'est par prudence que je te demande de chercher un autre abri. Moi, j'ai un corps blindé pour me protéger de nos ennemis.

– Tais-toi, petit bavard, tu ne me feras pas changer d'avis.

Il ne se passa pas quelques jours avant que le renard, très affamé, revienne surprendre la pintade. Celle-ci eut beau crier, ses appels et ses pleurs ne lui apportèrent plus aucun secours. Il tomba sur elle et la dégusta avec volupté.

Après avoir mangé la pintade, le renard s'empara de l'œuf, afin de le mettre en pièces. Ses efforts furent inutiles. L'œuf tint bon jusqu'à l'abandon de l'ennemi.

1. Orgueilleux.

BIEN LIRE

LA PINTADE ET SON ŒUF

- **Comment se comporte la pintade avec son œuf ?**
- **L'œuf réagit-il avec la même brusquerie ?**

Les Deux Poules

Dans un poulailler délaissé cohabitaient deux poules. L'une était blanche, l'autre noire.

Elles vivaient en bonne intelligence et pondirent chacune douze œufs.

Un jour, la poule noire sortit en quête de nourriture. La poule blanche, profitant de son absence, prit ses œufs et les mélangea avec les siens.

Lorsque la poule noire fut de retour, elle s'étonna de la disparition totale de sa couvée.

– Où sont mes œufs ? interrogea-t-elle.

– Je ne sais pas. Je n'ai rien vu. Je ne possède que les miens qui sont tous blancs.

– Ne me prends pas pour une sotte, tous les œufs sont blancs, quelle que soit la couleur du plumage de l'oiseau qui les pond. Je sais que nous avions douze œufs chacune. Comment expliques-tu que je ne trouve aucune trace de ma couvée et que toi, tu en possèdes plus qu'avant ?

– Tant pis pour toi. Moi, je n'ai touché à aucun de tes œufs.

– Nous connaîtrons la vérité quand naîtront les poussins.

Malgré cette discussion orageuse, les deux poules continuèrent de cohabiter. La blanche était devenue orgueilleuse et se vanta qu'elle allait être maman sous peu. Le jour de l'éclosion, de tous les œufs sortirent des poussins de couleur noire ! Cela provoqua surprise et confusion dans toute l'habitation.

25 La poule noire s'écria :

– Menteuse ! Voleuse ! Tu m'avais trompée au sujet de mes œufs, mais maintenant, ton crime est découvert ! Tous ces poussins sont les miens !

La blanche engagea la bataille contre la noire.

30 Elles se battirent jusqu'à l'épuisement.

Chacune d'elle perdit beaucoup de plumes.

Aucune ne voulait abandonner les enfants à l'autre. Elles décidèrent de porter l'affaire devant le juge du village.

Devant ce dernier, les deux mères exprimèrent leurs griefs[1].

35 – Toi, la blanche, tu dis que tu avais pris tous les œufs pour toi, parce qu'ils étaient blancs. Tu affirmes qu'une poule noire ne peut pondre des œufs blancs ?

– Oui, Monsieur le Juge.

Folle de joie, la poule blanche crut avoir raison. Elle se 40 retourna vers la poule noire :

– Tu vas voir, le juge me donnera raison.

La poule noire gardait son sang-froid.

Après examen de l'affaire, le juge s'expliqua en ces termes :

– Toi, la blanche, tu es sûre que les œufs blancs ne peuvent 45 être pondus que par une poule blanche. Il faut reconnaître alors que les poussins noirs ne peuvent appartenir qu'à une poule noire.

1. Plaintes.

On confia ainsi tous les poussins à la poule noire.
La poule blanche, honteuse, s'enfuit du village.

BIEN LIRE

LES DEUX POULES

- **Les poules sont de couleurs opposées. Selon vous, pourquoi ?**
- **Laquelle des deux agresse l'autre en premier ?**
- **Quel est le rôle du juge ici ?**

Les Malices de la petite tortue

Un jour, la tortue et le singe entreprirent un long voyage.

Le singe faisait des gambades et sautait d'arbre en arbre, tandis que la tortue, elle, se déplaçait lourdement sur le sol.

Ils arrivèrent dans une palmeraie. La tortue, ayant subitement faim, demanda à son compagnon de lui cueillir quelques dattes.

Le singe grimpa à l'arbre et commença sa cueillette. Soudain, il aperçut une calebasse[1] suspendue très haut sur le stipe[2] d'un palmier voisin.

Curieux, il jeta les dattes déjà cueillies.

La tortue les ramassa et il sauta sur l'arbre voisin.

Il voulait savoir ce que contenait la calebasse attachée au tronc du palmier.

Celle-ci était remplie de vin de palme[3].

Le tireur[4] était le léopard, mais il n'était pas venu chercher sa boisson ce jour-là.

Le singe descendit vite rapporter la nouvelle à la tortue :

– Je suis heureuse de ta trouvaille. Nous avons enfin de quoi étancher notre soif, lui dit la tortue.

– Mais ce vin ne nous appartient pas, protesta le singe.

– Peu importe. Allons boire quelques gorgées pour nous rafraîchir et puis nous poursuivrons notre route, conclut la tortue.

---

1. Gros fruit d'un arbre souvent utilisé comme récipient.
2. Tronc non ramifié, comme celui des palmiers.
3. Vin fait à partir du palmier.
4. Ici, celui aux frais duquel ils boivent le vin.

Le singe prit la tortue sur son dos et l'emporta au sommet de l'arbre, dans le bouquet de palmes[1].

Ils détachèrent la calebasse et se mirent à déguster le délicieux breuvage : une gorgée, puis deux, trois…

La calebasse était à moitié vide !

Bientôt, le léopard arriva. Il remarqua que sa calebasse avait été déplacée. Il se précipita dans les feuillages pour voir s'il y avait quelqu'un.

Quelle ne fut pas sa surprise de trouver les deux compères, tout joyeux, buvant à longs traits le reste de la boisson !

Furieux, le félin se précipita sur les voleurs.

La tortue se lança dans les airs et se laissa brutalement tomber à terre, où sa carapace blindée amortit sa chute.

Le singe n'eut pas cette chance. Il se fit dévorer par le léopard, sans pitié.

Après sa fuite, la tortue alla trouver l'écureuil :

– Ami écureuil, sais-tu où l'on extrait le bon vin de palme de la région ?

Entendant le mot « vin », l'écureuil dressa tout de suite les oreilles.

– Tu viens me parler du vin le plus délicieux ? Voilà une nouvelle intéressante. Est-ce que tu sais où l'on pourrait trouver ce vin ?

– Oui. C'est le léopard, mon associé, qui le garde dans un endroit que je connais bien, mais que je ne saurais atteindre

1. Feuilles de palmier.

sans ton aide. Chaque fois que j'ai soif, mon associé me porte sur son dos et grimpe sur l'arbre avec moi. Après chaque breuvage, il me ramène sur terre. Si tu veux boire aussi, tu dois accepter de monter avec moi sur le palmier.

L'écureuil y consentit.

Ils se rendirent au pied du palmier.

La tortue se cramponna au dos de l'écureuil, qui fit un bond géant, et les deux compères furent dans le bouquet des palmes où l'écureuil vint apporter la boisson.

Après avoir tout consommé, l'écureuil remit la calebasse à sa place. Mais le léopard, revenu au plus tôt, et qui se cachait dans un buisson proche, fit son apparition.

Il appréhenda[1] les deux voleurs et les emmena chez lui, où il les garda prisonniers.

Le jour suivant, le félin reçut la visite d'un proche parent qui lui demanda de lui offrir l'écureuil à dîner. Ce que le léopard fit avec plaisir.

Le soir venu, au moment de reconduire son hôte, le léopard attacha fortement les mains et les pieds de la tortue et dit à son esclave de bien assurer la garde de la prisonnière.

Puis il partit raccompagner son invité.

Après son départ, la tortue dit à l'esclave :

– As-tu compris ce que ton maître a demandé ?

– Oui, je dois te surveiller jusqu'à son retour.

---

1. Arrêta.

– Non, tu n'as rien entendu. Il a dit que tu devais me laisser partir, sinon il te frappera à son retour.

L'esclave, convaincu, délia la tortue, qui prit le large.

75 À son retour, le léopard devint furieux lorsqu'il s'aperçut que la tortue avait pris la fuite.

Il blâma[1] son esclave et partit à la recherche de la fugitive.

Il la retrouva, non loin de là, buvant de l'eau au bord de la rivière.

80 Il se saisit d'elle et la ramena chez lui.

Il demanda à l'esclave des bûches pour cuire la proie.

– Alors, tortue, es-tu prête à subir ton sort ?

Angoissée, elle s'écria :

– Non ! Non ! Fais-moi la grâce de mourir autrement que sur 85 le feu. Ma chair est réputée fort délicieuse si elle n'est pas brûlée. Si tu as une hache, apporte-la ici. Je sortirai la tête de ma carapace, afin que tu me la tranches. Ainsi, tu bénéficieras d'une très bonne viande.

Le léopard partit chercher sa hache.

90 – Très bien. Fais-moi monter sur une grosse pierre. Ensuite, tu mettras une de tes pattes de derrière sur mon dos, pour éviter que je glisse. Je sortirai la tête et tu la couperas sans pitié.

Ainsi fut dit, ainsi fut fait.

Le léopard souleva avec force sa hache et la tortue fit sortir 95 spontanément sa tête.

---

1. Reprocha à.

Mais aussitôt que la hache se fut abattue, un cri terrifiant de douleur, dont l'écho effraya la brousse, retentit : le léopard s'était coupé une patte de derrière.

La tortue avait rentré rapidement la tête.

100 Le félin souffrant, la maligne tortue se sauva sans plus tarder.

BIEN LIRE

LES MALICES DE LA PETITE TORTUE

- **Quels sont les effets du vin sur les animaux ?**
- **La tortue est-elle chagrinée par la disparition du singe ?**
- **Donne-t-elle le sentiment au lecteur d'avoir peur ?**

La Pirogue et la Pagaie

Au-dessus du fleuve Congo voltigeaient les hirondelles et les pique-bœufs[1]. Sur des jacinthes d'eau parsemant la surface, quelques oiseaux chasseurs observaient leurs proies dans l'écran marin. Les environs sentaient de près les amarantes[2] et les gly-
5 cines[3], tandis qu'au loin se propageait l'odeur d'herbes brûlées et de feux de forêt. Dans les remous, on distinguait le refrain des vagues et le bruit des pirogues résonnant parmi les chants de rameurs. Sur les rives peuplées de mères et d'enfants, les appels des riverains interpellaient les pêcheurs.

10 Secouée violemment au passage d'un navire, la pirogue se querellait avec la pagaie. Car, prétendait-elle :

– Par ta faute, j'ai failli couler. Tu as été d'une telle maladresse que j'ai risqué le naufrage. Imprévisible et inconsciente, tu es une planche ingrate. Tu ne sers pas à grand-chose.

15 – Un peu de modestie, protesta la pagaie. C'est grâce à moi que tu te promènes, majestueuse, sur les eaux magnanimes[4].

– Sans moi, l'homme ne peut traverser les lacs et les fleuves, dit la pirogue. Il ne peut pas aller pêcher dans les eaux profondes et agitées de la mer.

20 – Tu te trompes, tu n'es pas seule à être utile ! Si je ne te gouverne pas, tu iras te briser contre les flancs des rochers et te retrouveras en débris inutiles.

---

1. Oiseaux qui mangent les parasites des bœufs.
2. Plantes aux fleurs rouges.
3. Arbustes aux fleurs mauves et très parfumées.
4. Généreuses.

– Comment ? Et c'est toi qui me commandes ? N'es-tu pas folle pour dire de pareilles sottises ?

25 – Moi, folle ?

– Oui, tu l'es certainement. Cela ne fait aucun doute.

Les antagonistes convièrent le filet de pêche à la discussion :

– Sincèrement, je n'ai pas à prendre parti, se décida enfin celui-ci. Et d'ajouter :

30 – Mon intérêt est d'attraper du poisson. L'homme est mon maître et vous deux êtes mes compagnes. Je n'ai donc pas à choisir l'une ou l'autre.

– Dans ce cas, dit la pagaie, j'aimerais voir la pirogue faire naviguer les voyageurs et les pêcheurs toute seule. Je vais chan-35 ger d'activité. Avez-vous déjà vu un être normal se lier d'amitié sincère avec un fou ? Gardez cette question présente à votre mémoire jusqu'à l'heure de votre mort. Et que celle-ci soit pour vous deux une question de savoir.

La pagaie, après cette discussion orageuse, rentra dans son 40 village.

Bientôt, leur maître prit ses bagages et se rendit au port, où il avait laissé la pirogue et la pagaie, pour regagner sa maison, très loin, au-delà du fleuve.

Arrivé au port, il entra dans la pirogue et chercha autour de 45 lui la place habituelle où la pagaie l'attendait, mais il ne la trouva pas. Pris d'ardent courroux[1], il demanda à la pirogue :

– Où est ton amie, la pagaie ?

---

1. Colère.

– Elle a dû nous quitter pour toujours.

– Pourquoi nous abandonner dans un état aussi pitoyable ?
50 Maintenant, j'ai faim. Je veux rentrer immédiatement à la maison. Comment allons-nous faire pour atteindre l'autre rive ?

Fou de colère, l'homme alla trouver la pagaie.

– Pourquoi t'es-tu fâchée ? La pirogue me dit que tu veux nous quitter ? Allons, ne te fâche pas ! Viens déambuler[1] outre-
55 mer avec nous !

À force d'avoir été battue, maltraitée et injuriée, la pagaie ne put s'empêcher de protester.

L'homme affamé, désespéré, partit blâmer la pirogue.

– Dis-moi la raison pour laquelle tu as osé injurier et frapper
60 ton amie ? Maintenant qu'elle est agacée, fais-moi traverser toute seule !

La pirogue, honteuse, alla s'excuser auprès de son amie la pagaie.

Cette dernière, prise de pitié, accepta ses excuses.

65 Et le pagayeur et ses deux amies réconciliées partirent en promenade au rythme indolent[2] de la pagaie.

---

1. Te promener.
2. Mou, peu énergique.

BIEN LIRE

LA PIROGUE ET LA PAGAIE

- **Quel est le sujet de la querelle entre la pirogue et la pagaie ?**
- **Quelles sont les raisons qui poussent l'homme à aller rejoindre la pagaie ?**
- **Qui présente en premier ses excuses ? Pourquoi ?**

Le Soui-manga[1] royal

Sous les tropiques régnait un temps splendide et luisant. Les oiseaux, heureux, vivaient en bonne entente. Ils partageaient aussi leurs repas.

Un jour, une grande famine vint à sévir.

5 Chacun ne cherchait plus de nourriture que pour lui seul.

Le soui-manga royal et sa femme n'avaient plus de provisions.

Dans les environs immédiats, on ne trouvait pas grand-chose, les voisins s'étant emparés de tout.

10 L'oiseau pensa à aller chasser dans une région lointaine.

Son épouse consentit à l'accompagner.

La nuit, ils préparèrent le nécessaire pour le voyage.

Le lendemain, ils se mirent en route dès l'aube. Ils volèrent des jours et des nuits, sans aucune trêve[2].

15 Enfin, ils s'arrêtèrent sous un grand baobab[3] et construisirent un nid où s'abriterait la femme. Elle était fatiguée, car elle attendait famille[4]. Ainsi, le mâle s'en irait d'urgence chercher de quoi soulager leur faim.

Le travail achevé, le soui-manga s'en alla en quête de gibier.

20 Il s'envola loin des frontières de leur pays et trouva une grande quantité d'insectes.

---

1. Petit oiseau aux couleurs éclatantes.
2. Ici, repos.
3. Arbre exotique connu pour sa grande taille.
4. Allait avoir des petits.

Content, il repartit vers le lieu où l'attendait, impatiente, sa femme.

L'oiseau vola des heures durant. Les ailes fatiguées, il marcha
25 longtemps dans la forêt. Mais, nulle part, il ne trouva de repère. Il s'était perdu.

Soudain, le ciel se couvrit de nuages épais. Les éclairs se croisaient, le tonnerre grondait et la pluie ruisselait. Son plumage s'alourdissait.

30 Il ne pouvait plus s'envoler ni marcher encore longtemps. Il vit au loin une hutte isolée.

Il alla frapper à la porte. La roussette vint voir l'étranger :

– Que me veux-tu, sous la pluie et les orages ? questionna la chauve-souris.

35 – Excuse-moi, j'ai besoin de m'abriter, répondit le passant, grelottant de froid.

Et d'ajouter :

– Je voudrais également retrouver mon chemin, quand la pluie aura cessé.

40 – Je regrette, je ne peux rien pour toi.

Triste et déprimé, le soui-manga partit. Il n'avait aucune destination précise.

L'eau de pluie ruisselait de ses plumes et refroidissait son corps.

45 Malgré son courage, le froid atteignit son cœur. Ses ailes se serrèrent contre son corps, ses pattes et sa tête s'enfouirent dans son plumage. Il tomba sur le sol, épuisé et sans connaissance.

Un chasseur, fuyant la pluie et le froid qui régnaient dans la forêt, vint à passer par là.

50 Il aperçut l'oiseau qui luttait contre la mort et l'emporta chez lui. Là, il s'empressa d'allumer un feu de bois.

Le chasseur l'approcha du feu pour le sauver.

La chaleur montait dans la pièce. Plus tard, l'oiseau entrouvrit un œil. Il remarqua autour du feu le chasseur et sa fille qui
55 l'observaient.

Épuisé, il ne comprit rien. Il s'imaginait des choses. Il pensa un instant qu'il était dans l'au-delà.

Pour en avoir le cœur net, il entrouvrit le deuxième œil. Que lui était-il donc arrivé ?

60 Il se rappela la chasse avec sa femme et le refus de la roussette. Le reste, il ne s'en souvenait plus.

Au-dehors de la maison, le ciel s'était éclairci. Le soleil était radieux et le froid parti.

La fille du chasseur, très contente de voir l'oiseau reprendre
65 vie, lui adressa un sourire jovial[1]. Elle le prit ensuite doucement dans ses mains pour le caresser. Elle remercia son père de l'avoir sauvé.

Le soui-manga fut très touché par tant d'affection et de bonté. Reconnaissant, il leur raconta son histoire jusqu'au
70 moment où il avait perdu connaissance.

Hélas, la suite, il l'avait oubliée. Il ne savait plus comment il se trouvait là.

---

1. Joyeux.

La petite fille lui prépara un colis de nourriture, car ce qu'il avait trouvé avait pourri. Connaissant chaque coin de la forêt,
75 le chasseur lui indiqua le baobab où il rejoindrait sa femme.

Le soui-manga remercia la fillette qui avait été bonne pour lui et s'envola à tire-d'aile avec le petit butin qu'on lui avait offert :

– Adieu, généreuses gens, que Dieu vous protège, lança-t-il, ému.

80 Arrivé à l'arbre, il fut effrayé par l'état squelettique de sa femme.

Elle avait perdu ses plumes et sa peau laissait voir les os du corps.

Les larmes coulèrent de ses yeux.

85 En la prenant dans ses bras, il sentit le cœur battre encore. Sans perdre de temps, il attrapa une goutte d'eau et humecta son bec.

Grâce à cela, l'âme de sa femme réintégra son corps.

Vie et force lui revinrent. Elle mangea avec volupté[1] les mets
90 rapportés.

La journée étant fort avancée, le couple passa la nuit dans la forêt.

Le lendemain matin, les conjoints s'en allèrent se plaindre au chef du village.

95 Le chef coutumier convoqua le conseil des sages. La palabre[2] fut fixée à la tombée de la nuit :

1. Grand plaisir.
2. Débat.

– Honorables sages, annonça le plaignant, certains ne respectent pas nos traditions. Je suis allé à la chasse, loin dans la forêt. Là, je me suis perdu. Soudain, le temps s'est dégradé. J'ai aperçu une hutte et j'ai pensé que j'aurais là un abri. La roussette m'est apparue. Je lui ai demandé assistance, mais elle m'a abandonné sous l'orage et la pluie.

– Pourquoi a-t-elle fait cela ? Aviez-vous un antécédent fâcheux ? interrogea un notable.

– Non ! répondit le soui-manga, sincère.

Interpellée, la roussette assura avec arrogance[1] :

– Je refuse d'ouvrir ma porte aux inconnus. Je suis allée à l'étranger, chez mes cousins. Leur façon de vivre m'a plu : « Chacun pour soi, Dieu pour tous. »

– Mais, ici, nous avons nos traditions, l'interrompit un des sages. Qu'ailleurs les gens ne s'aiment qu'avec hypocrisie, ce n'est pas notre mode de vie. En reniant cette coutume immémoriale, tu piétines nos mœurs.

Après avoir écouté avec attention le plaignant, l'accusée et les intervenants, le chef coutumier demanda au conseil des sages de donner son avis.

Du plus vieux au plus jeune des sages, la sentence était la même : une punition exemplaire.

Le chef s'adressa à la roussette en ces termes :

– Tu renies nos mœurs, donc tu ne sortiras plus le jour. La nuit, tu es libre jusqu'au premier chant du coq. Si les rayons du

1. Orgueil méprisant.

soleil te surprennent, tu seras aveuglée et tu tomberas par terre où les hommes viendront te tuer. Cette malédiction portera sur tes enfants et arrière-petits-enfants.

125 Depuis ce jour, la roussette vit retirée et ne sort que la nuit.

BIEN LIRE

LE SOUI-MANGA ROYAL

- **Notez la succession de phrases courtes aux pages 176-177. Quel effet cela a-t-il sur le lecteur ?**
- **Dans quel état physique se trouve la femme du soui-manga quand ce dernier revient vers elle ?**
- **Qui est mis en cause et condamné à la fin ?**

Le Chien

C'était en pleine saison aride. Partout régnait un froid sec.

Tous les animaux de la brousse frissonnaient.

Ils espéraient trouver du feu pour se réchauffer.

Deux chacals[1], volontaires, décidèrent d'aller en chercher au 5 village des hommes.

Arrivés aux confins[2] de la forêt, l'un des envoyés dit à l'autre :

– Pars seul, en quête du feu. Je t'attendrai à l'orée de la forêt.

Le messager continua, solitaire, et arriva discrètement au village.

10 Sur son passage, il vit à terre des os et des morceaux de viande que les habitants avaient jetés durant le dîner.

Gourmand, il les broya avec volupté[3].

Il mangea tout ce qu'il trouva sur le sol. Puis il arriva près d'enfants, assis auprès du feu, où le vieux du village leur disait 15 des contes.

Le vieil homme mangeait des noix de cola[4] et les enfants décortiquaient des arachides, qu'ils dégustaient avec plaisir. Les autres goûtaient la viande séchée offerte par les chasseurs.

Le chacal, caché derrière la chaise du griot conteur, attendait, 20 impatient, les os qu'ils jetaient.

Une fois qu'ils l'eurent remarqué, les enfants lui donnèrent beaucoup de nourriture.

---

1. Animaux carnassiers de la taille du renard.
2. Limites.
3. Grand plaisir.
4. Ou Kola ; fruit du kolatier, arbre d'Afrique.

Affectueux, ils se plurent à le caresser et à jouer avec lui.

Se sentant mieux avec les gens du village, l'animal décida de ne plus retourner vivre dans la brousse. Cependant, son ami resté aux aguets[1], s'inquiétait pour lui. Impatient et furieux, il se mit à crier très fort :

– Mbua Nganyi ?… Mbua Nganyi ?

C'est-à-dire : « Qui es-tu chien ? » Tous les chacals de la brousse entendirent son cri et le reprirent :

– Mbua Nganyi ?… Mbua Nganyi ?…

Les gens du village qui reçurent ce chacal domestique lui donnèrent le nom de « Mbua », qui veut dire, dans le langage des hommes, « chien ».

Depuis lors, tous les animaux de la brousse haïssent « Mbua », le chien. Quant à lui, il a juré de rester fidèle à l'homme.

1. En surveillance.

BIEN LIRE

LE CHIEN

- **Qu'était le chien avant de venir avec l'homme ?**
- **Pourquoi est-il resté avec les hommes ?**

Le Guépard et la Guenon

Un guépard rôdait dans la nuit en quête de gibier. Par malheur, il tomba dans un puits profond.

Il essaya d'en sortir, mais n'y parvint pas.

Il gisait au fond, harassé[1] par l'effort, et se lamentait sur son
5 sort.

Il sanglotait et appelait au secours.

Une guenon entendit ses plaintes.

Prise de pitié, elle s'approcha du trou.

Les autres animaux, cachés, s'amusaient à voir pleurer leur
10 cruel ennemi.

– Ô noble singe, je te supplie de me tirer de cet état misérable, lui dit humblement le félin.

– Si je te délivre, ne vas-tu pas m'agresser ?

– Non, non… Je ne pourrais jamais être méchant envers la
15 personne qui me sauverait la vie. Je t'en serais profondément reconnaissant. Ô sage guenon, sois charitable, laisse pendre ta queue, je m'y accrocherai pour sortir du puits.

– Tu es vil[2] et méchant, toute la brousse clame ta cruauté. N'est-ce pas toi qui remplis de terreur la forêt ?

20 – Le mensonge est sur toutes les lèvres. L'animal qui décime[3] vos familles, c'est le léopard. Souvent, ses victimes me confondent avec lui, à cause de notre pelage si proche.

---

1. Épuisé.
2. Horrible.
3. Tue.

– Tu es une méchante bête. Si je t'aide à sortir du trou, tu essaieras sans doute de me manger.

– Non, je te le jure ! Je n'aurai de meilleure amie que toi !

La guenon savait depuis longtemps que le guépard était très dangereux.

Elle pensa tranquillement que sauver la vie au guépard, c'était mettre la sienne en danger.

Elle lui répondit en hochant la tête :

– Je crains que tu ne te montres ingrat dès que je t'aurai secouru.

Le guépard s'inclina jusqu'à ce qu'il se cogne la tête contre la terre et il assura :

– Ami singe, si tu me sauves la vie, je ne serai pas ingrat. Si quelqu'un t'offense, je risquerai ma vie pour te venir en aide.

La guenon crut en ces paroles hypocrites, trouvant la maladresse du félin pitoyable.

– C'est bien, si tu t'engages à me laisser tranquille, je te tirerai du trou. Tu tiendras ta promesse, j'espère. Je n'en suis toujours pas convaincue, mais j'ai bon cœur, je vais te délivrer.

Le singe eut confiance. Il laissa pendre sa queue.

Le guépard s'y cramponna et se hissa hors du piège. À peine sorti, il pensait déjà secrètement :

– Pauvre singe, tu ne m'échapperas pas.

Avide et sournois, le félin ouvrit sa grande bouche, montrant ses dents tranchantes.

Il sortit ses griffes et se jeta brusquement sur son interlocuteur.

50 Vif comme l'éclair, le singe grimpa à l'arbre voisin. Essoufflé, il tremblait encore de peur. Indigné, il lança des injures et dit, les dents grinçantes :

– Ingrate créature ! Voilà donc la preuve de ta loyauté ! Moi qui ai été assez stupide pour croire en ta parole. Ah ! il est beau 55 ton serment !

En exécutant un deuxième bond trop brusquement, le guépard manqua sa proie et retomba à nouveau dans le trou !

Il était condamné à rester à jamais prisonnier dans le vieux puits.

60 On ne pouvait plus croire en sa parole.

BIEN LIRE

LE GUÉPARD ET LA GUENON

- **Le guépard est-il sûr et fidèle ?**
- **Quelle qualité possède le singe ?**
- **Le guépard est-il un animal malin ?**

Les Deux Chasseurs

– Je vais demain, à l'aube, chasser de l'autre côté de la rive. Le gibier y est abondant, vint dire le chasseur à son voisin le musicien. Chez moi, il sévit une famine terrible.

– J'irai avec toi. J'aimerais que nos femmes se joignent à nous. Mais pour assurer les provisions.

– Non, je préfère qu'elles ne viennent pas. Elles apportent souvent la malchance. S'il faut emporter quoi que ce soit, je m'en chargerai. Je veillerai à ce que nous ne manquions de rien.

– D'accord !

Les deux hommes quittèrent le village au petit matin. Ils arrivèrent à la nuit tombante en haute savane. Là, ils placèrent leurs pièges.

Affamés et fatigués par la longue marche, ils mangèrent et se reposèrent.

Le lendemain, ils partirent visiter leurs pièges et rentrèrent avec une antilope.

Le surlendemain, ils rapportèrent quatre gazelles.

Mais, les jours suivants, ils rentrèrent bredouilles. Il n'y avait plus rien à boire, l'eau commençait à manquer.

– Tu vois, fit le musicien, si nous avions nos prévoyantes femmes, nous ne manquerions de rien.

– Ne crains rien ! Si je les appelle, elles nous apporteront de l'eau. Ma voix sera entendue au village.

– Détrompe-toi. Nulle voix ne pourrait traverser toutes les étendues environnantes pour parvenir jusqu'à nos proches.

– Erreur. J'ai une voix puissante. Elle sera reconnue par quelqu'un du village. Elle sonne, s'intensifie et touche l'oreille comme un tonnerre. Attends, je vais te le prouver !

Le chasseur grimpa sur un arbre géant et cria comme s'il 30 interpellait un passant au loin.

Après avoir lancé son appel, il écouta attentivement si ses échos avaient été perçus. Son compagnon, riant, rétorqua :

– Est-ce que nos femmes ont répondu ? Il me semble que ton appel est resté vain[1]. Apparemment, elles n'ont pas entendu tes 35 cris !

– Regardons si elles ne sont pas déjà en chemin !

Ils grimpèrent sur une colline et contemplèrent les environs proches ou lointains.

Ils attendirent, mais les femmes ne vinrent pas. Des heures 40 passèrent et la soif devint de plus en plus insupportable. Aucune source d'eau ne se trouvait dans la région proche.

– Peut-être, suggéra le chasseur, n'ont-elles pas assez d'eau. Elles seront sans doute là demain matin. Patientons.

Le lendemain, toujours personne.

45 – Tu as voulu appeler nos femmes durant toute la journée d'hier. Tes efforts sont restés vains, alors que tu parlais en toute assurance. Aujourd'hui, c'est à moi d'essayer, dit le chanteur.

Il prit ses instruments de musique et commença à jouer. Il entama une belle et touchante mélodie.

---

1. Inutile.

50 Son chant attira de nombreux oiseaux et, parmi eux, le souimanga[1].

Captivé par la musique douce et envoûtante de l'homme, l'oiseau promit de transmettre le message au village.

Il prit son envol et se percha au sommet d'un arbre gigan-55 tesque.

Il fit appel aux oiseaux messagers et les pria de contacter les femmes des chasseurs et de leur faire part de leur besoin en eau potable.

Un loriot[2] entendit la nouvelle et se mit à chanter.

60 Un pinson de passage fit parvenir la demande au perroquet, et celui-ci porta le message aux oreilles des habitants du village.

Les femmes furent averties ; elles s'entretinrent sagement.

– Nos maris ne sont pas prévoyants. Si nous ne marchons pas ensemble vers eux, ils mourront de soif. Nous devons les secourir !

65 L'amour qu'elles portaient à leurs époux était si fort qu'elles prirent la route aussitôt, emportant des calebasses[3] pleines d'eau.

1. Petit oiseau aux couleurs éclatantes.
2. Oiseau jaune et noir au chant très agréable.
3. Gros fruits souvent utilisés comme récipients.

BIEN LIRE

LES DEUX CHASSEURS

- **Quel est le premier désaccord qui apparaît entre les deux chasseurs ?**
- **De quoi manquent-ils ?**
- **Quel animal vient les aider ?**

Le Singe et les Animaux

Réunis sous l'arbre à palabre[1], à l'heure du coucher, les animaux de la savane et leurs amis des eaux profondes s'interrogeaient sur leur sort.

Ils savaient que leur survie était menacée, que l'homme, par 5 son action destructrice, ne cherchait qu'à leur nuire.

Cette menace provoquait un trouble grave auprès de la population animale, mais nul n'osait soulever un tel problème, ni aborder le sujet en public.

Un jour, le singe, qui, pendant de longues années, avait suivi 10 et observé les hommes qui leur faisaient la chasse, osa parler du problème délicat mais combien vital de leur survie.

Il convia les habitants de la brousse, de la savane et des eaux profondes.

Ils répondirent nombreux à son invitation.

15 Il s'adressa à eux en ces termes :

– Amis, frères et sœurs de la brousse, de la savane et des eaux, conscient du mal qui nous menace, j'ai suivi l'homme partout où il se rendait. J'ai découvert les éléments de la nature qu'il utilise pour fabriquer les pièges, les flèches et les filets dont il se 20 sert pour nous massacrer. Si la faim nous menace, elle ne décime[2] pas notre population comme l'homme le fait chaque jour. Aucun animal ne peut dormir sur ses deux oreilles. Nos

1. Arbre sous lequel se déroulent les débats.
2. Fait disparaître.

espèces sont menacées de disparition. Il faut songer à nous protéger.

25 – Mais comment ? interrogea le rat.

– Oui, que faire ? répliqua la girafe. Nous ne savons pas poser les pièges, nous n'avons pas de flèches.

– Cependant, nous courons plus vite que lui, fit remarquer le lièvre.

30 Le singe reprit la parole :

– L'homme nous surprend par ses pièges. Eh bien, quel piège fera-t-il sans lianes ? Mangeons toutes les lianes pour l'empêcher de nous attraper.

– Non, s'écrièrent les animaux en chœur. Nous ne pouvons

35 pas manger les lianes. Elles sont trop amères.

La conférence prit fin sans qu'un accord soit trouvé.

Quelques jours plus tard, l'okapi[1] organisa une fête à laquelle tous les animaux étaient présents.

Pendant que les festivités poursuivaient leur cours, les chas-

40 seurs vinrent sur les lieux. Ils entourèrent les environs de pièges.

Par bonheur, le singe, assis sur une branche d'arbre, s'aperçut du danger qui menaçait ses amis.

Il tenta d'avertir les autres animaux, mais personne ne daigna l'écouter.

45 Le singe décida alors de se sauver au sommet d'un immense arbre pour voir la suite.

Il déclara à haute voix à ses amis insouciants :

---

1. Animal africain proche de la girafe.

– Si les lianes sont mauvaises à manger, elles conviennent parfaitement pour vous capturer tous !

50 Aussitôt, les chasseurs lancèrent leurs filets et se mirent à tirer sur la foule. Leurs pièges mortels se refermaient sur les pauvres bêtes, qui ne purent se libérer de l'emprise des humains.

BIEN LIRE

LE SINGE ET LES ANIMAUX

- **Comment l'homme apparaît-il dans ce conte ?**
- **Qui organise la fête réunissant tous les animaux ?**
- **Comment se termine-t-elle ?**

L'antilope qui préférait ses cornes à ses jambes

Un jour, l'antilope, très assoiffée, alla boire de l'eau à la rivière. Se penchant, elle vit son image reproduite par la surface des eaux.

Elle s'aperçut qu'elle était dotée de cornes superbes. Elle 5 admira leur longueur et leur grande beauté.

Contente de sa découverte, elle pensait qu'elles l'aideraient à se battre contre les gazelles qui viendraient la provoquer.

L'antilope, en regardant ses jambes, fut cependant très déçue. Elles étaient longues, minces et agiles.

10 – Pourquoi me doter d'un beau corps, de longues cornes splendides et me donner des pattes aussi laides ? Dieu ne m'a pas bien faite ! Il est injuste qu'il m'ait dotée de jambes aussi vilaines, disait-elle à haute voix.

Pendant qu'elle se plaignait encore de ses membres, qu'elle 15 contemplait attentivement, les chasseurs et leurs chiens firent leur apparition.

Les chiens, l'ayant découverte, la prirent en chasse.

L'animal prit ses jambes à son cou et fila comme un éclair.

Il courait, courait si vite que les poursuivants furent rapide-20 ment essoufflés.

Après une longue course, l'antilope, grâce à ses jambes, gagna une très sérieuse avance sur les chasseurs et leur meute[1].

---

1. Troupe de chiens.

Les chiens, fatigués, ralentirent leur cadence[1] jusqu'à l'abandon. Plus personne ne songeait à rattraper la fugitive.

25 L'antilope, qui était déjà loin du danger qui la guettait, fut arrêtée dans son élan par les lianes d'un arbre sous lequel elle avait tenté de passer.

Elle se débattit, mais n'arriva pas à se dégager.

Ses cornes étaient si solidement emmêlées aux lianes fines et 30 solides des buissons qu'elle ne pouvait plus poursuivre sa fuite.

Elle luttait encore désespérément quand elle fut surprise par les chasseurs et leurs chiens.

Et la pauvre fut capturée par la faute de ses longues cornes, qu'elle aimait plus que ses jambes.

1. Allure, vitesse.

BIEN LIRE

L'ANTILOPE QUI PRÉFÉRAIT SES CORNES À SES JAMBES

- **Comment l'antilope découvre-t-elle ses cornes ?**
- **Est-elle immédiatement séduite par elles ?**
- **Pourquoi est-elle déçue par ses jambes ?**

Le Singe et la Tortue

Le singe allait se marier.

Il pria la tortue, sa voisine, de l'accompagner.

À midi, ils firent leurs bagages et s'en allèrent sous un soleil ardent. Ils marchèrent sans arrêt à travers des immenses forêts. Le soir, le ciel sombrait dans le noir. La lumière de la pleine lune se montrait de plus en plus insistante. Les astres, dans l'infini lointain, scintillaient, délimitant les frontières de l'homme. Les oiseaux rejoignaient leurs cachettes en se jouant des prédateurs par des stratégies sulfureuses. Les deux voyageurs s'arrêtèrent pour la nuit. Les chants nocturnes des grillons berçaient leur sommeil. Par moments, ils se réveillaient en sursaut, effrayés par les cris des lions. Le lendemain, ils reprirent la route, en chantant.

À la veille de leur arrivée, la tortue proposa :

– Faisons la chasse afin d'apporter du gibier à ta belle-famille.

– C'est une excellente idée, assura son compagnon. Mettons le feu à la brousse pour encercler le gibier. Après l'incendie, nous aurons le loisir de ramasser les animaux morts, brûlés dans la braise.

Une fois le feu allumé, la brousse entière se mit à flamber. Le singe se sentit défaillir et commença à paniquer, nerveux.

C'était la saison sèche. Le brasier se propagea très vite. Les flammes vives, spontanées et déchaînées détruisirent plusieurs champs et villages proches.

25 Furieux, les gens du pays se mirent à la recherche de l'auteur de l'incendie. Ils appréhendèrent les deux voyageurs sur les lieux du sinistre :

– Qui de vous deux a mis le feu à la forêt ? interrogea l'un des villageois.

30 – Ce n'est pas moi, dit la tortue. C'est le singe.

– Non, ce n'est pas moi, c'est elle, protesta l'accusé.

– Observez nos mains, suggéra la tortue. Celui de nous deux qui aura les mains noires, tachées par le tison[1] qui a servi à mettre le feu, sera le coupable !

35 On examina soigneusement les membres des deux étrangers. Le singe, ayant la paume des mains noire comme du charbon, ne pouvait plus se défendre. Il fut considéré comme l'auteur du désastre.

Il fut battu à coups de gourdin et ne put se marier.

40 Il avait envie de crier sa douleur. Il s'énervait, tandis que la tortue, sournoise, se perdait en désolations et en regrets. Elle se défendait d'avoir prémédité le fâcheux incident.

Refoulés, ils rentrèrent chez eux.

Tous les voisins du village se moquèrent du singe.

45 Humilié par cette trahison, il se résigna, avec une tristesse profonde, à vivre sans épouse. Il était fâché contre la tortue. Il reprocha à son amie d'avoir détruit ses chances de bonheur.

Un jour, ce fut au tour de la tortue d'aller se marier.

---

1. Bout de bois brûlé.

Comme il était de coutume de se faire accompagner aux
50 fiançailles, elle pria son fidèle ami d'être son témoin. Ils s'en allèrent ainsi pour le pays de la fiancée.

Le soleil glissait ses doux rayons entre les branches de manguier. La tortue sentait qu'entre eux les rapports étaient devenus hypocrites. Mais elle était sûre d'elle et se croyait maîtresse
55 de sa destinée.

La lucidité, le calme et la gentillesse du singe lui inspiraient confiance.

Après plusieurs jours de voyage, ils arrivèrent au pied d'une palmeraie. Là, le singe découvrit une calebasse de vin de palme[1] :

60 – Tiens, du vin ! s'exclama-t-il.

Et de poursuivre :

– Je te propose d'en boire une gorgée pour nous rafraîchir !

La tortue, assoiffée, se laissa tenter. Elle prit une gorgée du breuvage et abandonna le reste au singe qui, enthousiaste, vida
65 le pot.

Ils reprirent leur marche, joyeux et chantant.

En cours de route, ils furent croisés par deux habitants du village proche où ils se rendaient. Arrivés en ville, ils reçurent un accueil très chaleureux de la part des habitants, car la pro-
70 mise était la fille du roi.

Après une grande fête organisée en l'honneur des futurs époux, il n'y eut plus rien à boire.

---

1. Récipient ; ici, rempli de vin fait à partir du palmier.

Un serviteur fut envoyé chercher la boisson que le tireur[1] de vin de palme avait laissée sous le palmier.

75 Le messager ne trouva qu'un récipient vide, tout le contenu ayant disparu. Il courut vite rapporter la mauvaise nouvelle.

Furieux et mécontent, le roi convoqua tous ses sujets en vue d'une explication.

Tout le monde nia les faits.

80 On fit venir les deux visiteurs de marque. Certes, deux habitants les avaient croisés non loin du lieu où la boisson se trouvait cachée.

Anxieuse, la tortue frissonnait. Le drame qui s'annonçait lui faisait peur. Elle décida de tout nier, espérant que son ami gar-
85 derait le silence. Mais la peur du châtiment incita le singe à prendre lâchement les devants :

– Ce n'est pas moi, c'est la tortue, affirma-t-il, mesquin.

– Non, quel mensonge, se défendit l'accusée.

– Examinez la démarche de chacun de nous et vous recon-
90 naîtrez aussitôt le voleur, proposa le malin.

Le roi, après hésitation, à cause de sa chère fille, accepta l'idée et soumit les deux invités à l'épreuve.

Le singe, tout content de sa malice, se mit à faire des bonds d'une maison à l'autre et marcha sans défaillance.

95 Le tour de la tortue venu, elle ne sut marcher qu'en faisant chanceler sa lourde carapace.

1. Celui qui met en récipient.

Sa démarche était lourde et indécise. Elle fut reconnue coupable.

Humiliée, elle fut battue, chassée, et laissa ainsi derrière elle 100 une malheureuse fiancée.

BIEN LIRE

LE SINGE ET LA TORTUE

- **Lequel des deux animaux propose de mettre le feu ?**
- **Sur quelle raison s'appuie la tortue pour rester avec le singe (p. 197) ?**

Les Gorilles

Un chasseur ayant passé toute la nuit à l'affût du gibier se trouva très fatigué.

Assis au pied d'un arbre, il chercha un peu de repos. La faim ne lui laissait pas de trêve. Il éprouvait des difficultés à escalader les pentes abruptes des collines.

Assis, il rassembla quelques bûches et alluma un feu.

Il prit dans sa gibecière[1] un morceau de viande boucanée[2], qu'il réchauffa et mangea de bon appétit.

Tous ses faits et gestes avaient été épiés par les gorilles.

Grâce à la nourriture, vie et force revinrent au chasseur, de même que l'envie de terroriser la faune. Il attrapa ses armes, ses flèches et sa sagaie[3], et repartit en chasse.

Après son départ, le chef des gorilles prit la parole :

– Eh bien ! Nous savons maintenant que la viande est bonne à manger. Le chasseur vient de nous en donner la preuve. Nous aussi, allons chercher la nôtre pour le repas de ce soir.

À ces mots, ils partirent en quête de nourriture et capturèrent un lièvre.

Ils ramassèrent à leur tour des bûchettes. Ils les assemblèrent pour en faire un tas, au-dessus duquel ils placèrent la viande du lièvre et patientèrent.

Mais le feu ne prenait pas.

---

1. Sac dans lequel on met ce que l'on a chassé.
2. Fumée.
3. Sorte de javelot.

– Nous avons les bûches, mais pas le feu, dit un des gorilles.

– C'est vrai que nous manquons de feu, mais où le trouver ?

25 – Venez voir, s'écria un troisième gorille, montrant du doigt le soleil qui venait de faire son apparition à l'ouest. Voyez-vous, là, à l'horizon ? C'est là que nous trouverons du feu.

Tous les gorilles coururent vers l'horizon. Ils marchèrent longtemps.

30 Lorsqu'ils furent le plus près possible, ils se rendirent compte que le soleil se trouvait juste au-dessus d'eux, à midi.

Ils grimpèrent aux arbres pour essayer de l'attraper.

En arrivant au sommet des arbres, ils constatèrent que leur feu se déplaçait.

35 Plus le soleil avançait, plus ils allaient, de branche en branche, à sa poursuite.

À la tombée du jour, le soleil disparut derrière les nuages de la nuit.

Les animaux s'arrêtèrent et s'interrogèrent :

40 – Où est passé notre feu ?

Depuis lors, les gorilles restent sur les branches, espérant découvrir où se cache le soleil lorsqu'il s'enfuit à l'horizon.

BIEN LIRE

LES GORILLES

- **Quelle image du chasseur est donnée au début du conte ?**
- **Qu'est-ce que les gorilles confondent ?**

L'Aveugle maudit

Les lueurs célestes s'étendaient parmi les ombres. Dans les murmures des maisons, au cœur de l'Afrique, dans l'ancien royaume Luba, un batteur de cuivre, en compagnie de sa femme, rêvait d'une vie heureuse.

5 Le couple s'entendait à merveille ; jusqu'au jour où naquit leur fils, seul fruit de cette union. Malheureusement, il vint au monde aveugle. Cela causa beaucoup de soucis aux jeunes époux.

L'enfant grandit néanmoins.

10 Jamais il ne vit le visage de ses parents. Il connaissait leur voix, leur odeur, et sentait leur présence affective.

Le père et la mère apportaient beaucoup d'attention à leur fils ; ils s'occupaient de lui nuit et jour.

Il devint grand et fort. Un jour, le père dit à son épouse :

15 – Nous avons un fils aveugle ! Que deviendra-t-il le jour où nous ne serons plus là pour le protéger ? Je pense qu'avant notre mort, nous devrions lui trouver une compagne qui l'aidera à vivre.

– J'approuve l'idée de marier notre fils, dit la mère, inquiète. 20 Mais, ajouta-t-elle, quelle femme consentirait à se dévouer à un mari non voyant ?

Convaincus qu'il n'existait pas d'autre solution, les parents firent des démarches auprès des jeunes filles en âge de se marier, dans les villages voisins.

25 Mais chacune répondait :

– Comment un homme qui ne voit pas fera-t-il pour nourrir une femme et des enfants ? Que sera-t-il capable de faire dans sa vie ?

Les parents ne savaient comment parvenir à convaincre les
30 demoiselles.

Le père bienveillant prit la route et visita d'autres contrées, d'autres pays.

Nulle part il ne trouva une personne désireuse d'épouser son pauvre héritier.

35 Malheureux, il regagna sa maison après un long et pénible voyage sans succès.

La tristesse s'installa dans le foyer qui, jadis, était si heureux.

Les années s'écoulèrent et, avec elles, disparut l'espoir des parents de voir un jour s'assurer leur descendance.

40 Un matin, un voyageur venu du royaume Kongo leur apprit que, dans ce pays, vivait une jeune fille aveugle et dont le handicap causait d'énormes souffrances à ses parents.

– Peut-être que cette demoiselle, dont le voyageur nous a décrit la situation, acceptera notre enfant ! suggéra la femme à
45 son époux.

– Mais comment seront-ils utiles l'un envers l'autre ? questionna l'homme inquiet.

– Nous les aiderons de notre vivant. Si Dieu bénit leur union, leurs enfants auront de bons yeux et ils verront pour
50 eux.

– D'accord, conclut le vieil homme.

Le soir, le soleil se coucha ; des nuages bleu-orange

apparurent comme un fond d'or sur les arbres verts de la saison des pluies. Le batteur de cuivre quitta les siens et prit aussitôt 55 le chemin du royaume du Kongo.

Il emporta, en guise de dot, du vin de palme[1], une chèvre, une poule et des pièces d'or. Son sac contenait également de nombreux objets d'art, des bracelets en ivoire, des gravures en cuivre battu, des bijoux en or, des diamants et des malachites[2]. 60 Car il était de coutume qu'on apporte des cadeaux au chef de la tribu.

Plusieurs jours de voyage passèrent. Le vieil homme arriva enfin au Kongo.

Les gens du pays étaient très hospitaliers. Les premiers habi- 65 tants qu'il rencontra le conduisirent auprès de la famille de la fille aveugle, qui le reçut avec grande chaleur.

Après un léger repos, il mit ses hôtes au courant des raisons de sa visite :

– J'ai un fils aveugle, dit-il. Aucune femme ne veut de lui. 70 J'ai appris que vous aviez le même problème avec votre fille, poursuivit le visiteur. J'espère votre accord pour les unir d'un lien conjugal.

– Votre souci est semblable au mien, dit le maître de maison. Je suis également fatigué de rechercher un mari pour ma fille. 75 Chaque homme que j'ai rencontré m'a répondu que, puisqu'elle était aveugle, elle ne pourrait jamais être utile à quel-

1. Vin fait à partir du palmier.
2. Pierres vertes utilisées pour des bijoux et la décoration.

qu'un. Je suis content que vous soyez venu nous voir au nom de votre fils. C'est Dieu qui vous envoie ! Quant à la dot que vous proposez pour ma fille, je vous en dispense. Je ne désire
80 qu'une simple faveur : boire une gorgée de votre vin de palme, en signe de la joie que ma femme et moi partageons aujourd'hui, sous ce toit. Ce breuvage scellera la promesse de mariage entre nos deux enfants.

On fit venir la jeune aveugle ; c'était une belle négresse aux
85 cheveux noirs tressés, âgée d'environ dix-huit ans.

Elle avait des gestes pleins de grâce, une peau brune et lisse, des lèvres aussi douces que du miel et des dents luisantes comme les brillants.

L'invité dut reconnaître que jamais il n'avait vu une si ravis-
90 sante figure, une peau couleur de bronze et des yeux noirs si séduisants, mais qui, malheureusement, ne voyaient pas.

Mise au courant de la requête de l'étranger, la demoiselle déclara :

– Si vous, mes parents, qui voyez et travaillez pour moi, pen-
95 sez que cet homme pourra me rendre heureuse, je serai du fond du cœur prête à l'accepter et à devenir sa femme. Mon bonheur serait d'avoir un mari attentif et des enfants que j'adorerai toute ma vie. Vous qui voyez pour moi, vous qui êtes mes yeux, choisissez mon époux. L'homme qui m'aimera, je l'aimerai. Je ne
100 vois pas, comment ferais-je le choix d'un mari ?

Le visiteur était très surpris par la sagesse de la jeune fille, mais un doute persistait dans l'esprit du père de celle-ci.

– Depuis la naissance de notre fille, nous l'avons prise entiè-

rement en charge. Nous l'avons aidée à vivre heureuse. Nous
105 avons lutté et vécu pour elle. Maintenant, qu'elle est promise à votre fils, qui s'occupera d'elle ? Son fiancé est lui-même handicapé !...

– Soyez tranquilles. Nous veillerons, ma femme et moi, sur eux. Nous les aiderons. Nous les aimerons d'un même amour.
110 Par leur union, votre fille deviendra également la nôtre.

Dès que la date du mariage fut décidée, le visiteur fit ses bagages et s'en retourna préparer les noces.

Quelques jours plus tard, le mariage fut célébré dans l'allégresse.

115 Le père du marié fit construire une très belle maison pour le couple, comblé et heureux. Entre eux régnait une harmonie complète.

Avec l'argent de ses économies, le vieil homme engagea un personnel à leur service pour les tâches domestiques.

120 Quelques nuits de noces passées, la jeune dame tomba enceinte.

L'heureuse nouvelle emplit de bonheur la maison entière et les liens du couple en furent encore plus forts.

Ils espéraient beaucoup en leur progéniture.

125 La future mère ne cessait de penser que l'enfant qu'elle portait en son sein comblerait leur misère.

Neuf mois plus tard, l'enfant naquit, un jour de plein soleil.

Il était beau, fort, et faisait la joie et la fierté de ses parents. Mais il était non voyant.

Cette triste nouvelle ébranla l'espoir que plaçaient les parents en leur descendance et déçut tout le monde.

Déprimée, la mère ne donna plus naissance à d'autres enfants.

Le sort du couple ne laissa personne insensible. On parla même de malédiction !…

Soupçonneux, les gens du village devinrent très inquiets.

Un jour, la grand-mère, sentant sa fin proche, emmena son fils à la source de la rivière où elle avait l'habitude de puiser de l'eau potable.

Elle lui montra le chemin, de façon à ce que, après sa mort, il sache où se procurer de l'eau au cas où le personnel domestique les abandonnerait.

Des jours plus tard, la grand-mère tomba malade. Elle ne sortait plus de chez elle.

On fit venir les guérisseurs, mais personne ne parvint à découvrir le mal dont elle souffrait et qui la rongeait peu à peu.

La maladie empira et la pauvre femme mourut.

On pleura beaucoup sa perte et le deuil fut long.

Le grand-père resta seul et malheureux. Il était vieux et fatigué. Son corps s'affaiblissait. Il ne pouvait plus ni travailler ni nourrir les siens. La mélancolie le gagnait jour après jour.

Un matin, il s'écroula aux champs et mourut.

Les gens du village trouvèrent son corps, l'emmenèrent et se chargèrent de son enterrement.

Désormais, son fils, sa femme et leur enfant étaient seuls, sans personne pour leur venir en aide !

Le personnel à leur service, qui n'était plus payé, abandonna la famille à sa triste destinée.

La femme éprouva d'énormes difficultés en essayant de cuisiner, en allant ramasser du bois et en puisant de l'eau.

160 La pauvre, qui ne savait pas où trouver de l'eau potable, allait toujours remplir son urne dans un puits d'eau sale et puante.

Elle demanda un jour à son époux s'il savait où coulait une eau de source.

L'homme se rappela que sa mère, avant de mourir, lui avait 165 indiqué un endroit où l'on puisait une eau propre et potable.

Hésitant, mais déterminé, il prit sa canne et se mit en route.

Il marcha dans un sentier étroit et sinueux[1].

Avec son bâton, il dirigeait ses pas. Il entendit le bruit d'une rivière et déboucha près de la source d'eau. Il prit un peu d'eau 170 dans ses mains et goûta.

L'eau contenait beaucoup de calcaire, elle avait un goût désagréable.

Elle sentait la boue, le grès et l'argile.

Il s'était trompé de rivière. Il ne savait plus où passait le cours 175 d'eau potable.

Résigné, il s'en retourna chez lui, très déprimé.

Des années longues et pénibles s'écoulèrent encore.

Leur enfant grandit.

Il ressentait intérieurement la misère profonde de ses infor- 180 tunés parents et cela l'éprouvait. Un jour, il se dit :

– Pourquoi sommes-nous condamnés à vivre malheureux ?

---

1. Tortueux.

Pourquoi ma famille ne connaît-elle pas de joie ? Je dois m'efforcer d'aider mes parents et leur être utile.

Le jeune homme prit une cruche vide et partit à la recherche d'eau potable.

Après une longue marche, tâtant les environs avec son bâton, il trouva enfin une rivière.

– Cette eau n'est pas bonne. C'est celle que mes parents ont puisée jusqu'à présent. Plus personne ne veut d'elle. Je dois aller plus loin. Mais comment faire pour traverser cette rivière ?

Il chercha un passage. Il tâtonnait et frappait l'herbe avec son bois pour découvrir un gué[1], afin de pouvoir traverser à pied.

Il tapait de tous les côtés.

Sitôt qu'il eût touché la surface de l'eau, une voix s'éleva de l'autre côté de la rive :

– Qui es-tu ?

Le petit garçon eut très peur et sursauta d'émotion. Son cœur vibrait d'angoisse folle. Ses mains tremblaient. Son visage suait de terreur. Il se sentait faible et impuissant face aux dangers éventuels.

Le vide alentour étreignait son âme. Courageux, perplexe et hésitant, il répondit :

– Je suis un enfant aveugle. Je viens chercher de l'eau potable pour ma famille.

La voix s'éleva à nouveau :

– Toi, es-tu Diba ou es-tu Butuku[2] ?

---

1. Passage peu profond d'une rivière.
2. Es-tu le soleil ou es-tu la nuit ?

Le jeune homme ne comprenait pas ce que signifiaient ces termes et répondit, à tout hasard :

– Je suis Diba.

210 Aussitôt, quel prodige, ses yeux s'ouvrirent et... il vit ! La lumière du jour pénétra sa vue et son regard se précisa.

Le monde lui paraissait beau, merveilleux. Il ressentait intensément la joie de cette découverte. Ému, il pleura de bonheur, le cœur écrasé sous des sensations bienveillantes. Les yeux 215 grands ouverts, l'air résolu, il s'en alla très vite, sans se retourner, vers son village natal.

Il sautait de joie et se dirigea, impatient, vers la maison familiale.

Arrivé devant chez lui, il reconnut sa maison et aperçut sa 220 mère assise sur une natte, et qui pilait du manioc[1].

Il courut vers elle et la prit dans ses bras.

– Maman, maman, je te vois ! Je reconnais notre maison et tous les biens que nous possédons. Ma pauvre maman chérie, je suis heureux.

225 Il était fou de joie, lui qui n'avait jamais connu le bonheur de voir !

Enchanté, il courut vers d'autres enfants du village pour faire connaissance et jouer.

C'était la première fois qu'il s'amusait avec les gosses de son 230 âge, le pauvre petit, lui qui ignorait le plaisir des jeux depuis qu'il était venu au monde !

---

1. Racine comestible.

À la vue de son père, il courut l'accueillir et le guida auprès de sa mère.

Inlassablement, il leur conta, émerveillé, ce qui venait de se 235 produire à la rivière.

La famille voulut célébrer l'événement et tous les proches parents accoururent.

Ce jour-là, l'enfant exécuta tous les travaux domestiques.

Il partit couper du bois et l'empila à la maison.

240 Il fit des réserves pour plusieurs jours.

En une journée, il avait beaucoup fait pour les siens.

Il s'endormit le soir, fatigué par l'effort exceptionnel qu'il avait fourni en cette journée particulière.

Il avait été, surtout, extrêmement fier de s'être senti pour la 245 première fois vraiment utile à ses malheureux parents.

Il était désormais leurs yeux, leur guide. Le lendemain matin, de bonne heure, la maman suivit les conseils prodigués[1] par son enfant et prit le chemin de la rivière.

Lorsqu'elle arriva au bord de l'eau, elle frappa son bâton sur 250 la surface des eaux et attendit.

À cet instant-là, une voix de génie s'éleva de l'autre côté de la rive :

– Qui es-tu ?

– Je suis la mère de l'enfant aveugle qui est venu hier. Moi 255 non plus, je ne peux pas voir.

– Toi, tu es Diba ou Butuku ?

---

1. Donnés.

– Je suis Diba.

À cet instant, ses yeux s'ouvrirent.

Quelle stupéfaction !

260 Elle voyait autour d'elle, elle se vit dans l'eau et découvrit les beaux traits de son visage. Elle était belle, cette dame qui n'avait jamais vu le ciel aux reflets verts et le soleil luisant de l'Afrique équatoriale.

Elle découvrait un monde vivant et coloré.

265 Remplie d'intense émotion, elle jeta au loin son bâton et se précipita vers le village. Elle chantait, les larmes dans les yeux, des louanges à son dieu bantou !

Quelle joie, lorsqu'elle vit de ses propres yeux son foyer, son cher époux et leur adorable enfant !…

270 Le lendemain, le mari décida à son tour d'aller tenter sa chance à la rivière. Chemin faisant, il se mit à réfléchir :

– Si je dis que je suis Butuku, que va-t-il m'arriver ? Personne ne le sait. Alors, j'aimerais savoir ce qui arrivera si quelqu'un dit qu'il est Butuku.

275 Arrivé sur les lieux des miracles, il frappa son bâton sur l'eau et une voix l'interpella :

– Qui es-tu ?

– Je suis le père de l'enfant et le mari de la femme non voyants qui ont retrouvé la vue. Je suis né aveugle.

280 – Toi, tu es Diba ou Butuku ?

– Je suis Diba.

Dès qu'il eut prononcé Diba, ses yeux s'ouvrirent. L'homme tressaillit. Son regard se posa sur un univers ensoleillé et multi-

colore. Le paysage était superbe, la nature belle, ensorcelante et
285 les fleurs pleines de charmes et de couleurs. Les feuilles tombées s'envolaient sous le vent et tourbillonnaient. Les arbres grinçaient, frémissaient et remuaient comme des silhouettes fragiles. Cette vue magique le fascinait. Mais son cœur était pris par un autre tourment.

290 Ressaisi par la curiosité qui, depuis longtemps, l'étreignait, il songea à la vérité que cachait l'autre énigme. Puis, après un instant de silence, il ajouta :

– Je suis également Butuku !

Sitôt qu'il eut prononcé ce mot, ses yeux se refermèrent. Il
295 essaya de corriger sa faute, mais des sanglots l'étranglaient.

Voyant cela, il frappa à nouveau sur l'eau, mais l'étrange voix du génie ne se manifesta plus.

Il frappa plusieurs fois. Rien n'y fit.

Très triste et meurtri par sa sottise, il retourna péniblement
300 au village.

Arrivé chez lui, il s'effondra en larmes. Il demeura aveugle tout le reste de sa vie.

BIEN LIRE

L'AVEUGLE MAUDIT

- **Pourquoi les deux couples de parents sont-ils inquiets ?**
- **Pourquoi pensent-ils qu'un mariage serait une bonne chose pour leurs enfants ?**
- **En quoi la grand-mère a-t-elle été prévoyante ?**
- **Qu'est-ce qui rend l'enfant le plus heureux au fond (p. 211) ?**

La Danse des esprits

Un vent de révolte grondait dans les villes et les campagnes. Les génies du vent, du brouillard et de la mer prélevaient leurs dîmes[1] sans le consentement des hommes.

Le veilleur de nuit annonça, à l'aube d'une journée 5 pluvieuse :

– Ils sont venus sous la pleine lune danser dans la cour du village.

– Qui ? lui demanda sa femme.

– Les esprits, répondit-il, plein d'inquiétude.

10 – Tu es fou ! lui lança un de ses proches.

– C'est vous qui êtes ignorants, répliqua-t-il.

À l'insu des autres membres de la famille, Mbaya, silencieux, décida en son for intérieur d'aller se cacher la nuit suivante dans les buissons pour s'en rendre compte lui-même.

15 Une fois la nuit tombée, une chose étrange se produisit.

– J'ai besoin de ton aide ! Je veux capturer les navigateurs qui, demain, oseront affronter la mer, dit le génie de la mer.

– J'abattrai des arbres et je soulèverai les eaux pour toi. Tu prendras toute vie en mer, et je me contenterai de ramasser les 20 âmes égarées dans la forêt et les victimes des maisons effondrées, répondit le génie du vent.

Le marché conclu, les génies se mirent à danser pour fêter l'événement.

1. Impôts.

Les ayant surpris, Mbaya rentra discrètement avertir sa famille :

– Demain, mettez-vous à l'abri. Il va y avoir des morts. Surtout, n'allez ni à la chasse ni à la pêche.

Toute la famille l'écouta et se mit à l'abri chez les voisins qui avaient, eux, une maison solide. Le frère aîné, qui prit son cadet pour un superstitieux et un menteur, ne voulait pas rater une journée de travail.

Le lendemain, indifférent aux avertissements, il descendit jusqu'à la rive de l'océan, embarqua dans sa pirogue et partit au large pour pêcher.

Les feuilles des arbres voltigèrent à l'heure du coucher du soleil. Un sombre tourbillon s'éleva du sol. Il ramassa sur son chemin le sable de la brousse, les mille odeurs de la nature et rejoignit le ciel effarouché[1].

La foule était nerveuse, le sol vibrait. Les toits de paille se démêlaient. Les habitants se terraient dans leurs maisons.

La tempête faisait maintenant rage. Elle soufflait la poussière des sentiers. Elle bousculait les passants surpris en des lieux isolés. Elle balayait les maisons fragiles et terrorisait les malheureux égarés. Elle balançait les palmiers comme de vulgaires fétus de paille[2], arrachant des touffes d'herbe, asséchant les flaques d'eau, ridant la surface des mares.

Les piroguiers encore sur le fleuve, affolés, observaient les

---

1. Effrayé.
2. Brins de paille.

vagues grondantes avec une profonde inquiétude. Leurs pirogues tanguaient violemment au rythme de la tourmente.

Les animaux énervés fuyaient la rafale. Les fauves galopaient dans des directions opposées. Les serpents s'enfouissaient dans le sol. Les oiseaux faisaient le gros dos. Le ciel s'obscurcissait comme si la face du soleil avait été voilée.

Les villages fragiles ressemblaient dans les secousses à des cités de sable dont les maisons s'effondraient les unes après les autres.

Les chèvres bêlaient de peur. Les femmes, de leurs chants graves et mélancoliques, calmaient les enfants qui piaillaient. Les poussins s'abritaient sous les ailes protectrices de leurs mères qui caquetaient.

Les hommes, apparemment calmes, indifférents, se voulaient rassurants. Seul un tic nerveux de temps à autre montrait la tension qui était la leur.

Le mouvement des vents forts s'accéléra. Le tourbillon prit la forme d'un cyclone. Il dévastait sur son passage les champs, les nids d'oiseaux, les maisons, et tuait les malchanceux…

Il arrachait des arbres, aspirait les eaux des lacs, les débris de la savane et les animaux qui ne pouvaient le fuir.

La bourrasque passa sur les eaux de mer, délaissant les habitations tremblantes sur le sol ferme. Elle disparut au loin, afin de continuer ses méfaits dans d'autres contrées.

On dénombra beaucoup de victimes en mer et sur terre ; parmi elles, le frère de Mbaya.

La famille le pleura mais regretta son entêtement.

75 Le soir suivant, sous la pleine lune, Mbaya revint espionner les génies.

Cette fois-là, le génie du vent rencontrait le génie du brouillard :

– Je ne suis pas très content, se plaignit l'esprit des brumes.

80 – Pourquoi ? l'interrogea son interlocuteur.

– Hier, affirma-t-il, tu as soufflé à l'heure où je m'apprêtais à sacrifier une vie à mon pouvoir ! Résultat : les passants ont failli me repérer, nu, formulant des incantations. Et ma proie s'est sauvée ! Nous avions un pacte !

85 – Je voudrais que tu m'excuses. Dis-moi quand tu veux créer des accidents pour recueillir tes offrandes, et je m'effacerai pour l'occasion.

L'accord ainsi conclu réconcilia les deux protagonistes[1]. Cependant, rien de leurs propos n'échappa à celui qui les épiait. 90 Rentré à la maison, Mbaya prévint son entourage. Il recommanda aux habitants du village de s'abstenir d'un voyage dans les jours qui allaient suivre. Mais sa suggestion ne plut pas à son meilleur ami, Senda, le batteur de tam-tam, car il était convié à une fête de mariage dans une ville lointaine. Indifférent aux 95 avertissements de son ami, Senda prit ses bagages et se rendit à l'invitation.

À son arrivée, il fut accueilli par les mariés ainsi que leurs convives, car tous l'attendaient pour animer la fête.

La cérémonie de la noce commença. Joyeux, le batteur

---

1. Personnages importants.

100 s'assit sous un arbre dont les branches portaient d'innombrables nids de tisserins[1] et donna le premier coup sur son tambour. Les oiseaux, affolés, se dispersèrent en jacassant de frayeur. Un envol strié de couleurs flamboyantes déchira le ciel, suivi d'un tumulte causé par le battement d'ailes.

105 Le batteur étirait son grand corps musclé et souple. Il agitait ses bras et frappait le tam-tam avec une évidente force virile. Son visage brillait de joie. La musique était sa passion. Les badauds[2] l'entouraient. La fête se poursuivit la journée entière et s'acheva au crépuscule.

110 Le soir, le brouillard, ayant étiré ses volutes[3], couvrit la forêt de nuées ; il s'étendit sur les arbres, les maisons et les rivières, qu'il enfermait jusqu'à les ternir.

Les eaux des lacs et les nuages se confondaient avec les brumes épaisses. Sur la terre, le silence régnait partout. Les 115 flamboyants[4], les acacias, les hibiscus[5], les palmiers et les plantes perdirent leurs couleurs éclatantes.

Il était tard ; mais, la fête finie, le batteur de tam-tam devait rentrer chez lui. Son instrument de musique sur les épaules, il marchait, très angoissé. La lune ne luisait plus. Les étoiles 120 avaient disparu du firmament[6]. On ne voyait plus les lampes

1. Oiseaux des régions chaudes qui tissent des nids suspendus.
2. Curieux.
3. Enroulements en spirales.
4. Arbres de régions tropicales aux fleurs rouges.
5. Arbres tropicaux aux très belles fleurs.
6. Ciel.

qui brillaient dans les maisons. Le brouillard s'amoncelait et se répandait partout. L'air devint froid et le paysage invisible.

Il faisait une telle blancheur qu'on ne distinguait absolument rien. Le musicien pénétra dans la brume profonde. Là, il se trouva face à face avec le génie du brouillard. Ceux qui l'avaient déjà rencontré et reconnu n'en étaient jamais ressortis vivants. L'homme, effrayé, tenta de se sauver. Il courut à travers les arbres. Mais le poursuivant ne lui laissa aucune chance. Furieux, il se précipita sur lui. Le musicien, impuissant face à son adversaire, reçut une décharge mortelle. Un froid subit saisit son corps. Et l'esprit du brouillard lui arracha ainsi son âme.

Le lendemain, la brume se dissipa, laissant apparaître le défunt sous les feuilles mortes. Les passants le découvrirent avec amertume[1] et le ramenèrent au village pour l'enterrement.

1. Tristesse, regret.

BIEN LIRE

LA DANSE DES ESPRITS
- **Quels sont les deux génies qui discutent au début ?**
- **Pourquoi le génie du brouillard n'est-il pas content ?**
- **Pourquoi Senda n'écoute-t-il pas son ami ?**

La Légende de l'amant maudit

Un jour, Tshala, la femme de Nanga, devint amoureuse de Dina, leur voisin. Nanga, grand maître de magie, avait des pouvoirs énormes. Il menaça sa femme de stérilité si elle venait à le quitter.

5 Jaloux, le mari commença par lui confisquer son ombre. Cela la rendit insensible au bonheur qu'elle aurait dû partager avec son amant. Ce matin-là, le couple discutait de l'avenir.

Le mari, après un silence lourd et pesant, annonça :

– Toi et ton amant serez punis.

10 Sa femme, inquiète de cette prémonition[1], réfléchit un long moment et déclara :

– Je l'aime. Tes menaces n'y changeront rien.

Nanga méditait ; il assura :

– Nous verrons qui est le plus fort.

15 L'homme s'éloigna dans un coin reculé de la maison. Seul, il prépara ses fétiches[2].

– Ô esprits maléfiques, lança-t-il dans une profonde incantation, que celui qui a volé ma femme soit maudit !

Sa femme, l'ayant entendu, s'effraya. La maison, subitement, 20 trembla. Le ciel, au-dehors, devint sombre.

L'orage dispersait la paille.

Dina, informé des agissements de son rival, refusait toujours

---

1. Ce qui est annoncé.
2. Objets auxquels on attribue des pouvoirs magiques.

d'abandonner la partie. Les amants ne voulaient plus se quitter. Nanga, mécontent et furieux, changea toutes les eaux du pays 25 en sable.

Incarnant l'esprit de la vengeance, il lança sa poudre magique vers le ciel devant son rival ; et, aussitôt, un incendie immense ravagea les champs de celui-ci, dévorant les plantes jusqu'à la racine, réduisant les arbres fruitiers à l'état de bois mort calciné, 30 et ne laissant derrière lui qu'une terre stérile.

Dina, vraiment épris de Tshala, eut le courage d'en parler avec sa mère :

– Tu dois discrètement suivre l'ombre perdue de ta maîtresse quand elle fait son marché. Une fois que tu auras repéré son 35 lieu de captivité, ton oncle t'aidera à la sauver, lui conseilla sa mère.

Dina s'en alla, seul, par-delà les frontières. Il traversa les villes et les villages.

Il suivit un chemin de terre couvert de petits cailloux et 40 bordé de palmiers et de fromagers[1].

Le soleil était haut dans l'azur flamboyant. Déjà montait de la ville la rumeur gaie des cités populaires.

Les femmes vaquaient à leurs occupations favorites, une grappe multicolore d'enfants accrochés à leur pagne…

45 Du linge rouge et blanc se balançait dans un jardin bourgeois et les petits criaient en jouant…

---

1. Grands arbres à bois blanc.

Les azalées fleuraient bon le soleil. Le parfum du vanillier s'exhalait au détour des allées... De sombres beautés se déhanchaient dans la lumière éclatante, une jarre en équilibre sur un royal port de tête... Leurs gestes graciles aiguillonnaient les hommes, qui rêvaient aux frôlements lascifs[1] du soir...

Çà et là, un chat jouait au tigre, rampant parmi les hautes herbes...

Dina arriva dans un marché immense et attendit. À midi, il reconnut l'ombre de Tshala qui venait faire ses emplettes. Discret, il se mit à la filer à travers le marché.

La cité vivait, grouillait de tous ses membres, dans l'odeur aigre de la saveur humaine, et les marchands se bousculaient... Là les attendaient les tapis rouges de pili-pili[2], accrochant le regard de tant d'éclats...

Plus loin, le vendeur de fruits vantait ses produits : des bananes, minuscules et vertes, des oranges odorantes et des citrons, les faisant goûter aux innombrables clientes. Quelques dépouilles de viande gisaient, harassées de mouches noires, vrombissant de mille ailes, sous le regard concupiscent[3] des jeunes enfants.

Un peu plus loin, un troupeau de brebis attendait la traite, tandis que son propriétaire vendait le lait à la tasse...

Le forgeron travaillait le fer. Il réalisait des objets utilitaires ou des œuvres d'art. Les femmes tissaient le raphia. Elles

1. Sensuels.
2. Petit piment rouge très fort.
3. Qui jouit des plaisirs terrestres.

faisaient des paniers, des sous-verre et des objets multicolores. Cela amusait les enfants.

Le bijoutier façonnait l'or avec de petits outils. Il créait de magnifiques bracelets ouvragés, des bagues, des colliers et des
75 médailles.

L'ombre quitta le marché pour traverser la forêt. Dina, déterminé, la suivit à son tour.

Les acacias coloraient la savane. Une odeur macabre effleura les narines du poursuivant, faisant se dresser ses cheveux
80 d'angoisse. Un spectre l'observait sous un baobab. Au sein de la brume régnait l'au-delà.

L'ombre arriva dans le refuge où elle était captive. Connaissant à présent son repaire, Dina s'en alla chercher son oncle. Lui seul pouvait enlever le mauvais sort. Ainsi, l'ombre
85 reviendrait à sa maîtresse. Elle retrouverait ses facultés et la jeune femme pourrait avoir des enfants et éprouver à nouveau les plaisirs de l'amour.

Le vieil homme l'accompagna :

– Nous devons nous rendre dans le pays des esprits récupé-
90 rer l'ombre de celle que tu aimes !

Grand féticheur, l'oncle protégeait l'amant des esprits. Ils franchirent la cour du village et marchèrent jusqu'aux champs. Ils traversèrent une immense plaine de termitières[1], empruntèrent des routes sinueuses, couvertes d'une verdure encore intacte.

---

1. Constructions faites par les termites et qui leur servent d'abri.

95 Le ciel était bas, nuageux et grondant. Le soleil absent, l'ombre se faufilait sur les paysages.

À leur arrivée, une vieille femme vint les accueillir. Elle confia à Dina tous les fétiches nécessaires à sa protection.

Ayant accompli un parcours difficile, il avait droit aux 100 grands secrets. D'un mouvement surnaturel, il fut projeté dans un rêve extraordinaire.

L'initié[1], assis parmi les ancêtres fondateurs du clan, éprouva une profonde absolution[2]. Durant de longues et pénibles épreuves, il avait fait échec aux mauvais sorciers des environs. 105 Rien à présent ne s'opposait à ce qu'il accédât à la demeure secrète de son ennemi : là où l'ombre prisonnière de Tshala attendait sa délivrance.

Sous la pleine lune, on invita Dina à la nuit des sacrifices ; on lui demanda de s'ouvrir les veines pour verser son sang dans un 110 chaudron bouillant. Dina s'exécuta.

Tout autour du clan, un nuage léger entourait les personnes et les villages. Les spectres des morts erraient çà et là. Un conseil de famille fut réuni. Il fallait aider le jeune homme. Le plus ancien vint lui accorder sa bénédiction. L'aïeul le guida vers les 115 lieux interdits où l'ombre maudite de l'amante envoûtée se morfondait[3] dans l'attente.

– Là erre sur les flammes l'esprit de celle que tu aimes. Prononce une incantation et son corps astral[4] sera libéré, lui dit-il.

---

1. Celui auquel on a fait découvrir un secret.
2. Ici, libération.
3. S'ennuyait.
4. Ici, son âme.

– Ombre de ma bien-aimée, repars auprès de ta maîtresse. 120 J'ai fait couler mon sang dans l'urne des sacrifices pour te sauver. Nul ne peut plus te retenir avec des envoûtements.

Une fois l'ombre de Tshala libérée, Nanga ressentit une douleur violente pénétrer dans son cœur.

Blessé, meurtri, il s'évanouit.

125 Sa femme guérie, ses pouvoirs magiques n'auraient plus jamais d'effet sur elle.

Dina, fort de son succès, était joyeux. Il allait pouvoir vivre avec celle qui, comme un soleil doux, berçait les élans de son cœur.

130 Nul ne pouvait plus le suivre. Tous les mauvais esprits avaient désormais peur de l'approcher. Le mari jaloux ne pouvait plus l'inquiéter.

Le premier chant du coq avait retenti et l'aube s'était imposée. L'heure fatale arriva où les morts retournent dans leurs 135 tombes et les sorciers regagnent leurs maisons jusqu'à la prochaine nuit de sacrifices. La pleine lune avait disparu.

BIEN LIRE

LA LÉGENDE DE L'AMANT MAUDIT

- **Que supprime Nanga à son épouse ?**
- **Qui aide Dina à sauver l'âme de Tshala ? Essayez de les nommer dans leur ordre d'apparition.**

Le Petit Pêcheur

Le vent soufflait sur la vague du fleuve. Un tourbillon inattendu survint et emporta un des jeunes enfants qui nageaient. Les spectateurs, ébranlés, accusèrent le coup. Malu, le jeune pêcheur qui rôdait par là, plongea au secours du naufragé et lui évita la mort.

Soudain surgit le génie des eaux, furieux :

– Chaque année, à la même période, je prends une vie en offrande. Tu as sauvé ma victime désignée, dit-il, tu dois la remplacer !

Effrayé par cette apparition, Malu se sauva dans la forêt alentour. Le génie, mécontent, prit en otage la sœur du fugitif qui lavait son linge sur la rive parmi d'autres jeunes filles du village.

Apprenant la nouvelle, le jeune homme revint sur ses pas. Il exigea la libération de sa cadette.

– Jamais je ne laisserai partir ma captive, répondit le génie.

La discussion s'envenimait et le temps passait.

Mwika, la mère des deux enfants, avait attendu les siens jusqu'à la tombée du jour. Inquiète de ne pas savoir ce qui les retenait si longtemps, elle s'impatientait. Ses sourcils, ses joues et ses lèvres se composaient et se décomposaient de tics nerveux.

La mère, tourmentée, alla voir où ils pouvaient être. Nulle part elle ne trouva leurs traces. De retour à son domicile, les gens du voisinage lui apportèrent la mauvaise nouvelle. Angoissée et meurtrie, elle s'effondra de chagrin.

25 Pendant ce temps-là, au beau milieu du fleuve, sur un îlot désert, le génie et le jeune pêcheur discutaient vaillamment. Chacun refusait à l'autre le droit de disposer de la vie d'un tiers.

Fatigué de l'intransigeance[1] de son jeune interlocuteur, le génie proposa :

30 – Si tu réussis à monter sur le rocher du sacrifice qui émerge au milieu des eaux du fleuve, je te rendrai ta sœur.

Malu releva le défi et rentra tard dans son village rapporter à sa mère le drame de sa journée. Il danserait pour sauver l'âme de sa sœur. Interrogé sur l'origine du conflit, il raconta les faits 35 avec amertume[2].

À la fin de son récit, il se leva et se dirigea vers le fleuve où il avait l'habitude de pêcher. Tout le village le suivit, surtout les enfants qui sortaient de partout, criaient et gesticulaient en tous sens.

40 La foule se déplaça du village aux abords du fleuve.

Au milieu de ce cours d'eau, un seul rocher s'élevait. Il n'était pas très haut. Quand les eaux montaient, elles l'immergeaient, par moments. À son sommet dénudé et râpeux s'accumulaient de grandes et fortes vagues qui formaient un véritable tour- 45 billon sous-marin. Les flots débordaient et se répandaient sur toute la crête du rocher.

Telle une pierre blanche couverte d'algues vertes, glissante à l'extrême, cet écueil[3] faisait l'objet de tous les paris. Les génies

---

1. Sévérité.
2. Tristesse, regret.
3. Rocher dangereux pour la navigation.

noyaient les nageurs, exigeaient des sacrifices humains. La
50 légende disait qu'il était hanté. Les enfants nageaient, s'en approchaient, s'y cramponnaient, essayant d'y monter pour s'y tenir debout le plus longtemps possible. Mais jamais aucun n'avait, jusque-là, réussi à rester plus d'une minute. Malu avait fait le pari d'y grimper un jour pour danser les yeux fermés.

55 Enthousiaste, il était résolu à affronter l'épreuve. Une voix chargée d'émotions et de vibrations l'encouragea, en chantonnant un peu :

– Vas-y, mon fils ! Tu es le meilleur de ta lignée. Dieu est avec toi !

60 C'était celle de sa mère. Elle suivait ses actes avec une attention soutenue. Désormais, sans crainte, il plongea dans le fleuve. Il nagea sous les cris des badauds[1], les chants des femmes. La musique langoureuse[2], trépidante, le poussait vers l'avant, lui donnait le courage et la force de surmonter les obstacles.

65 Malu entendait la voix familière de sa mère, imprégnée de tendresse, sûre de son amour.

Glissant et trébuchant, il parvint à gravir le rocher. Il s'accrochait aux arêtes et écartait les algues gênantes avec les mains.

Hissé sur le haut, après maints efforts, il entama la danse de
70 la grue couronnée, superbe oiseau dont il appréciait la grâce et la fantaisie des gestes à chaque prestation.

---

1. Curieux.
2. D'impression triste.

Au-dessus du pic, il y avait de la mousse gluante. D'énormes vagues s'engouffraient dans ses failles et mouillaient ses pieds en s'éparpillant.

Il se mit à danser avec beaucoup d'adresse. Les enfants le suivaient tous, en s'éclaboussant dans les flots. L'espérance était de retour sur les visages, et le petit danseur avait apaisé, une fois de plus, son chagrin par la danse qui le purifiait intérieurement.

Il découvrait, sans le moindre sentiment du danger, qu'il était en accord avec les esprits. Il était libéré de toute peur. Un frisson léger courut dans sa chair. Ses traits prirent une expression attendrie d'innocence.

Libre devant le destin, la poitrine dénudée, il tremblait d'extase. Il frémit d'ivresse, noyé de bonheur.

Un désir ardent l'animait, l'excitait et l'invitait à changer de danse. Il passa ainsi de l'imitation de la grue à celle du vautour, avec des gestes rythmés et magnanimes[1].

Sur son front d'ébène virevoltaient les reflets crispés d'un soleil hésitant derrière les nuages.

Tant que durait sa prestation, aucun génie n'osait le défier.

Il voltigeait, ondulait. Ses gestes précis, rythmiques, suivaient chaque note du tam-tam. Son ventre plissait, en formant des vagues de vibrations magnétiques.

Une source intense d'exaltation enchaînait ses mouvements dans un élan sublime.

---

1. Imposants.

Il écartait les bras, soulevait une jambe après l'autre, sans jamais vaciller, ni tomber. Il exécutait des acrobaties difficiles à réaliser.

Une sueur chaude coulait le long de son corps. Il vibrait, 100 dansait, tournoyait à une cadence de plus en plus rapide.

Il se rapprochait d'une transe absolue, surhumaine. Maintenant, il était en parfaite extase, entrait en communication avec ses ancêtres.

Il était parvenu, dans un rythme effréné, à nouer ses sens et 105 son esprit à ceux des morts.

Il allait de plus en plus vite. Ses gestes croissaient d'instant en instant.

Mwika regardait son fils en souriant de complicité : une manière comme une autre de lui dire qu'elle comprenait le fond 110 de sa pensée.

Les clochettes, les tam-tams et les madimbas[1] résonnaient ensemble, accompagnés de chants et de danses. Les cris, les rires, les soupirs se confondaient et se transmettaient d'âge en âge.

115 Malu éprouva dans une profonde jouissance un reflet de vérité intérieure.

La grâce le pénétrait, le rassurait, le protégeait.

La seule force de caractère, la souplesse de son corps et l'habileté de son esprit le tenaient dans un équilibre précoce, 120 éphémère, mais enchanté et constant.

---

1. Instruments de musique africains.

Sur la grève, le public, fasciné, suivait la musique, accompagnait le danseur dans ses gestes mystiques. Il se trémoussait et chantait, d'un même élan, les plus excitantes chansons populaires.

125 Malu comparait les remous des eaux aux tourments de son cœur.

Le soleil traversait la surface des eaux, créant un effet de miroir dont les reflets venaient mourir au fond de son regard, aveuglant sa vue par moments.

130 Le roulis du courant d'eau berçait sa vue, captivait sa pensée et l'attirait au plus secret d'elle-même.

Une danse hasardeuse et précaire[1] l'aida ainsi à sublimer ses tourments.

Une fois son pari gagné, l'enfant leva les bras vers le ciel, se 135 pencha ensuite pour remercier et plongea dans l'eau pour regagner la rive, satisfait…

Le génie, interloqué, libéra sa captive, ému par la prestation[2] du jeune homme…

1. Peu assurée.
2. Ici, la danse effectuée.

BIEN LIRE

LE PETIT PÊCHEUR

- **Pourquoi le génie est-il furieux ?**
- **Quel est le pari exact qui a été fait entre le pêcheur et le génie ?**
- **Malu a-t-il peur pendant qu'il danse ?**

Après-texte

POUR COMPRENDRE

GROUPEMENTS DE TEXTES

INFORMATION/DOCUMENTATION

Lire

1 Montrez les très nombreuses qualités de Sowan.

2 Relevez les différences entre les Gétules et les Bantous. Que veut montrer l'auteur par cette insistance ?

3 Deux personnes conseillent à Sowan de fuir : lesquelles ? Que pensez-vous de cette insistance ? Annonce-t-elle un événement qui se produit par la suite ?

4 Expliquez l'emploi de l'adverbe « malheureusement » (l. 215).

5 Comment May Lusanga s'y prend-il pour manipuler Mpiya ?

6 Quelle est la véritable raison qui pousse Sowan à fuir (p. 20) ? Qu'en pensez-vous ?

7 L'auteur utilise de nombreux verbes pour décrire le combat (p. 23-24). Montrez quel est l'effet de ces accumulations.

8 Par sa malédiction (l. 492-509), Sowan veut montrer aux hommes leur propre stupidité. Comment s'y prend-elle ?

9 Montrez que tous les éléments se déchaînent au cours du cataclysme final.

Écrire

10 Sowan maudit les hommes qui ont fait preuve de bêtise et de cruauté envers son enfant. Elle veut leur faire comprendre les conséquences que leurs actions auront. Imaginez une situation moins sérieuse et moins grave mais dans laquelle vous auriez besoin d'avertir quelqu'un des conséquences possibles de ses actes. Vous devrez être convaincant.

11 Présentez rapidement les différentes qualités des hommes que ramène Djer pour le développement d'une future nation (l. 767-768).

Chercher

12 Cherchez dans une encyclopédie des renseignements sur Djoser et les Gétules.

13 Sywor Mwamba détruit tout sur son passage (l. 350-352). Un autre conquérant avait cette réputation, essayez de trouver de qui il est question et relevez quelques éléments de sa vie.

14 L'exode des Bantous rappelle un autre exode célèbre et le cataclysme décrit dans ce conte fait penser à un autre cataclysme connu. Recherchez de quels autres événements il est question et à quel texte fondateur ils appartiennent. Relevez leurs points communs et leurs différences. De quelle figure Kâ se rapproche-t-il ?

À SAVOIR

MYTHES ET CONTES

Ces deux genres littéraires semblent souvent très proches mais ont, en réalité, leurs caractéristiques propres.

Le **conte** est un texte de tradition populaire. C'est une des plus anciennes formes de transmission, orale dans un premier temps puis écrite ; on ne connaît pas ceux qui sont en général à l'origine des contes populaires. Le genre a naturellement évolué à travers les siècles et après avoir été fortement imprégné par le merveilleux au Moyen Âge, il a été ensuite marqué par l'empreinte de la satire, du réalisme et du fantastique.

Les contes africains ont pour mission de transmettre la culture du peuple ; en ce sens, ils jouent le rôle de mémoire vivante ; les griots transmettent cette culture de génération en génération, comme autrefois les conteurs de veillées en Europe. Les caractéristiques communes des contes africains et des contes européens ne s'arrêtent pas là. Les animaux, tout d'abord, ont un rôle à jouer : ils parlent et agissent tels des humains ; le conte a pour objectif de divertir en amusant, en effrayant et en apportant certains savoirs ; enfin, le conte apporte à celui qui l'écoute un modèle de réflexion. Il montre la voie à suivre, ce qu'il faut et ne faut surtout pas faire...

C'est tout à fait à cette définition que répondent les contes de Kamanda : les hommes et les animaux nous montrent que la jalousie est un vilain défaut, que ceux qui agissent mal sont toujours punis...

Le **mythe** se distingue du conte par un certain nombre de caractéristiques. Il propose lui aussi des faits et des actions imaginaires mais cette fiction se mêle à un contexte et des événements historiques. On sait que le cadre dans lequel l'histoire se déroule a vraiment existé. C'est le cas dans notre texte de la dynastie des Djoser. En outre, les héros sont des êtres surhumains : les humains et les divinités se fréquentent et se mêlent très facilement. Sowan, par exemple, porte l'enfant d'Amon, qui est devenu Amon lui-même. Les dieux ont souvent les mêmes caractéristiques que les hommes et ils sont sujets, on l'a vu, à la colère et à la jalousie. En outre, le mythe s'appuie sur une croyance plus que sur une tradition : il est un texte d'appui pour un peuple ou un groupe. Enfin, le but du mythe n'est pas tellement de divertir mais surtout d'instruire et de donner à chaque lecteur une même référence, un même passé culturel.

LA PETITE FILLE ENSORCELÉE

PAGES 64 à 76

Lire

1 Comment peut-on qualifier l'attitude de la sorcière (p. 65) ? Quel mot de la langue française peut désigner ce comportement ?

2 Relevez tous les termes ou expressions qui montrent que le laboureur est désespéré.

3 À quoi fait penser la description du génie bantou (p. 70) ?

4 À quoi vous fait penser la fumée rouge (l. 192-193) ?

5 Le père recherche en fait sa vraie fille. Reprenez l'ordre dans lequel il retrouve les différentes femmes.

Écrire

6 Expliquez en quelques lignes pourquoi le père est dans une situation difficile pour tenir sa promesse (p. 68-69).

7 Après avoir répondu aux questions 6 et 8, expliquez en quelques mots et en pensant au texte pourquoi on peut dire que c'est un « sordide marché ».

Chercher

8 Cherchez dans un dictionnaire le sens du mot « sordide » (l. 45).

9 Cherchez un conte dans lequel des animaux sont transformés en êtres humains.

À SAVOIR

L'ELLIPSE NARRATIVE

C'est un procédé qui consiste à passer sous silence un certain laps de temps pendant lequel l'action n'intéresse pas directement le lecteur. Elle est parfois annoncée : on lit à la ligne 82 « Des années s'écoulèrent. » ; le lecteur sait alors que les personnages et la situation auront évolué. On retrouve ce fait dans *L'Aveugle maudit* lorsque l'auteur écrit : « L'enfant grandit néanmoins. » (p. 202, l. 9) ou lorsqu'il écrit : « Plusieurs jours de voyage passèrent. » (l. 62). Dans d'autres cas, le lecteur la devine seulement. Plus le délai est long et plus il est préférable de la souligner clairement.
Ce procédé permet de faire avancer l'action assez vite car l'auteur peut ainsi n'évoquer que ce qui est important ou intéressant pour l'intrigue. Dans le conte, elle est donc fréquente car le récit ne s'occupe que de ce qui est essentiel. Le conte ne donne aucun détail superflu et aucun fait s'il n'a pas un rôle à jouer dans l'intrigue qui va suivre.
Ce procédé est également très utilisé au cinéma.

L'AVEUGLE MAUDIT

PAGES 202 à 213

Lire

1 Trouvez une ellipse narrative aux pages 203 et 208.

2 Le père apporte de nombreux cadeaux en dot ; pourquoi ?

3 Relevez les termes ou expressions qui montrent le courage nécessaire à un petit garçon comme le héros pour entreprendre un tel chemin (p. 209).

4 Pourquoi l'auteur nous parle-t-il d'abord d'une « voix » que le jeune garçon entend ? Que veut-il créer ainsi ?

5 Pourquoi les conséquences de la réponse de l'enfant sont-elles étonnantes (p. 210) ?

6 Relevez les termes ou expressions qui montrent le bonheur (p. 210-211).

Écrire

7 En utilisant les mots relevés pour la question 6, écrivez un court passage dans lequel vous montrerez à tous que vous êtes heureux.

8 Que va dire, selon vous, le père aux membres de sa famille pour justifier du fait qu'il est toujours aveugle ?

Chercher

9 La dot a-t-elle existé en France au cours des siècles passés ?

10 Cherchez les substantifs qui correspondent aux adjectifs qualificatifs suivants : aveugle, sourd et muet.

À SAVOIR

LE SCHÉMA NARRATIF

Un récit s'ouvre sur une **situation initiale** qui présente les personnages et le contexte dans lequel ils vivent. Ensuite, il progresse vers l'**élément perturbateur** qui bouleverse cette situation. Les repères donnés au début sont modifiés et remis en cause. Ce bouleversement présente une suite plus ou moins longue de **péripéties** qui influent toujours un peu plus sur la situation et auxquelles les personnages sont dans l'obligation de faire face. Leur réaction leur permet enfin de retrouver un **certain équilibre**. Ceci nous amène vers la **situation finale** qui clôt le récit. Dans notre texte, on peut ainsi dégager les étapes suivantes : l'heureuse vie des parents de l'aveugle ; la naissance de l'enfant aveugle ; la quête de la fiancée ; le mariage ; la naissance d'un enfant aveugle ; la mort des parents ; la vie pénible des aveugles désormais seuls ; la longue marche de l'enfant ; le retour à la lumière de l'enfant et de sa mère ; le père reste aveugle jusqu'à la fin.

Lire

Le Pêcheur et la Sirène

1 Quels sont les moyens utilisés pour montrer le danger de la mer (p. 42, l. 12-20) ?

2 Comment se présente la découverte du palais (p. 45) ?

3 Montrez la rapidité avec laquelle le temps est évoqué (p. 47).

La Grenouille au chant magique

4 Montrez que la grenouille est plus modeste que ses frères alors que son don est naturel (p. 99). Relevez les mots ou expressions qui indiquent à quel point elle souffre.

Le Grillon chanteur

5 Comment pouvez-vous qualifier le comportement du serpent (p. 105-106) ?

6 Pourquoi le grillon accepte-t-il de chanter à nouveau ?

Le Rollier et l'Okapi

7 Montrez que les phrases courtes et séparées (p. 151, l. 34-41) donnent un certain rythme au texte.

8 Quels sont les éléments qui nous permettent d'affirmer que les deux animaux étaient proches l'un de l'autre avant que la jalousie n'intervienne (p. 153-155) ?

9 Quels sont les personnages jaloux dans ces quatre contes ? Pourquoi le sont-ils devenus ?

Écrire

10 En relisant *Le Pêcheur et la Sirène*, imaginez ce que « les curieux » (p. 46, l. 102-107) peuvent se dire en quelques lignes.

11 Dans *Le Grillon chanteur*, le serpent est présenté grâce à une périphrase : « celui qui possède la dent que l'on craint » (p. 107, l. 71). C'est un ensemble de mots qui désigne un être ou un objet. À votre tour, écrivez des périphrases pour désigner l'éléphant, le rhinocéros, la girafe, le crocodile, la gazelle.

12 Dans *La Grenouille au chant magique*, transformez les trois phrases des lignes 17 à 19 en une seule phrase, en remplaçant les ponctuations supprimées par des mots de liaison.

Chercher

13 Les légendes à propos des sirènes existent depuis longtemps. Un héros très célèbre de l'Antiquité a été confronté à elles. Qui ? Racontez en quelques mots ce qui lui est arrivé. À quoi ressemblaient les sirènes dans cette histoire ?

14 Dickens a écrit un roman dont le titre contient également le mot « grillon ». Pouvez-vous trouver le titre exact et donnez quelques informations sur cet auteur ?

15 Le rollier met le feu à la savane pour obtenir ensuite de meilleures cultures. Cherchez des renseignements sur ce procédé. Où est-il surtout utilisé ?

À SAVOIR

LES CARACTÉRISTIQUES D'UN CONTE

Un conte est un genre narratif à part, non seulement dans le choix des thèmes et des sujets proposés comme l'a montré le « À savoir » sur les mythes et les contes, mais également dans la présentation des intrigues. On retrouve en effet certaines caractéristiques communes à tous les contes.
Tout d'abord, les personnages sont très rarement nommés. Ils n'ont pas de nom de famille et rarement de prénom. Ils sont présentés par leurs traits de caractère ou leurs liens familiaux (par exemple les trois frères et leurs parents). Les animaux, quant à eux, sont présentés par leur race. Les personnages sont en petit nombre car le conteur n'évoque que ceux qui prennent part à l'action.
Ensuite, les lieux et les époques ne sont pas donnés : on ne sait ni où ni à quel moment l'histoire se passe. En général, le lecteur reconnaît un contexte qui lui est familier : le lecteur africain retrouve la brousse, la forêt… Il retrouve également certaines habitudes qu'il connaît bien pour les avoir lui-même.
De surcroît, les situations sont souvent extrêmes ainsi que le comportement des personnages : les personnages sont très pauvres ou bien princes et princesses ; ils souffrent **énormément** de la faim ; les « méchants » sont **très** méchants quand les « gentils » le restent définitivement (ainsi la grenouille reste bonne malgré les mauvais traitements qu'elle subit, la sirène revient sur sa colère, le rollier est très attristé par la mort de l'okapi malgré la jalousie de celui-ci…).
Certains faits sont inexplicables par la raison car ils font appel au merveilleux. Il faut l'accepter : ainsi, le rollier disparaît entièrement dans une cruche qui le protège des flammes, le pêcheur rencontre une sirène, la grenouille, par son chant, assèche les rivières et le grillon fait se coucher le soleil…
Enfin, seuls les événements intéressants sont racontés. Tout le reste est passé sous silence ce qui explique que les textes soient très souvent courts. Le conteur ne donne que peu de détails, les personnages sont peu décrits. Cela explique également les nombreuses ellipses : le temps passe très vite car le conteur ne parle que de ce qui concerne les personnages et leurs aventures.

LA BÊTISE ET L'IMPRUDENCE

PAGES 92 à 95, 114, 115 à 117, 1[illegible]
à 167, 184 à 186 et 193 à 194

Lire

Le Petit Chimpanzé

1 Relevez les termes qui montrent la souffrance physique et la douleur (p. 95).

L'Arbre et la Terre

2 Quelle est la morale de ce texte ? Montrez que l'arbre est têtu.

Le Chasseur égoïste

3 Comment l'indifférence du chasseur est-elle montrée (p. 116, l. 42-44) ? À quelle autre partie du texte les lignes 54 et 55 (p. 117) vous font-elles penser ? Est-ce volontaire ?

Le Guépard et la Guenon

4 Comment le guépard est-il puni ? Peut-on reprocher au singe d'avoir eu bon cœur ? Quelles caractéristiques du conte retrouve-t-on ici (voir le « À savoir » de la page 239) ?

Écrire

5 Dans *L'antilope qui préférait ses cornes à ses jambes*, le conteur choisit ses mots pour vanter les jambes et condamner les cornes (p. 193-194, l. 21-34). De la même façon, choisissez un animal ayant deux caractéristiques évidentes et vantez l'une après avoir condamné l'autre.

Chercher

6 « Guenon » est le féminin du mot singe. Cherchez au moins cinq noms d'animaux pour lesquels le féminin est ainsi très différent du masculin.

7 Une fable de Jean de la Fontaine raconte la chute d'un arbre prétentieux. Laquelle ? Rappelez l'histoire.

À SAVOIR

L'OBJECTIF DU CONTE

Le conte ne veut pas seulement distraire, il donne également une morale, il instruit. Il propose un exemple de ce qu'il ne faut pas faire. Par exemple, le chimpanzé est blessé et l'antilope est capturée car ils n'ont pas réfléchi ; l'arbre, le chasseur, la poule blanche et le guépard sont punis car ils ont été trop prétentieux et ont nui aux autres.
Le conte donne parfois l'origine, parfois fantaisiste, de certaines réalités. On sait grâce au petit chimpanzé, pourquoi les singes n'ont plus de queue. *La Revanche de l'éléphant* nous apprend pourquoi les éléphants et les hommes se méfient les uns des autres...

L'INGRATITUDE

PAGES 87 à 91, 120 à 122, 163 à 164, 173 à 175 et 195 à 199

Lire

Le Soleil et la Chauve-souris

1 Montrez que le soleil est d'une profonde ingratitude dans ce conte. Qu'est-ce que l'accumulation de la ligne 60 (p. 89) indique au lecteur ?

2 Que pensez-vous de cette définition de l'amitié (p. 90, l. 82-90) ? Souhaitez-vous ajouter ou ôter des éléments ?

La Petite Gazelle

3 À quel moment (p. 121) découvre-t-on que la mangouste avait raison ?

La Pintade et son œuf

4 Comment le fils essaye-t-il d'adoucir le mécontentement de sa mère (p. 164, l. 27) ?

La Pirogue et la Pagaie

5 La morale du conte est donnée par le filet de pêche. Essayez de la reformuler en une phrase.

Le Singe et la Tortue

6 Pourquoi peut-on dire que le comportement de la tortue est paradoxal (p. 197) ?

Écrire

7 Écrivez plusieurs phrases dans lesquelles vous insérerez une accumulation du même genre que celle relevée dans *Le Soleil et la Chauve-souris* (p. 89, l. 60).

8 Dans *Le Singe et la Tortue*, l'auteur écrit : « [...] tandis que la tortue, sournoise, se perdait en désolations et en regrets » (p. 196, l. 40-41). Écrivez en quelques lignes ces « désolations et regrets ».

Chercher

9 Cherchez des informations sur la mangouste. Trouvez une photographie ou une image et des informations sur son style de vie et ses habitudes.

10 « Se défendait » (p. 196, l. 42) : expliquez le sens du verbe dans cette phrase. Cherchez tous les sens de ce verbe et employez-le dans une phrase pour chaque sens.

À SAVOIR

LE PARADOXE

Un paradoxe crée la surprise et l'étonnement. C'est une action, une attitude qui n'est pas semblable à ce que l'on aurait attendu en pareilles circonstances. Les contes débordent de situations paradoxales. Par exemple, on ne s'attend pas à ce qu'une mère soit aussi brusque et agressive avec son œuf *(La Pintade et son œuf)*, qu'une petite gazelle fasse confiance à un guépard (*La Petite Gazelle*)...

Lire

Le Coq merveilleux

1 Le jeune homme est-il généreux ? Sur quoi vous appuyez-vous ? Montrez qu'il est vraiment attristé par la mort de son coq.

2 Relevez la phrase qui sert de morale à cette histoire (p. 113).

Le Pigeon et le Mille-pattes

3 Relevez tous les éléments qui indiquent que l'oiseau a respecté l'endroit où il est passé (p. 123).

4 Expliquez l'expression « avec ironie » (p. 124, l. 35). Relevez la phrase qui sert de morale à ce conte (p. 125). Êtes-vous d'accord avec ce qu'elle affirme ?

L'Ogre et le Paysan

5 Il règne une « parfaite harmonie » entre l'ogre et le paysan (p. 127, l. 1). Relevez dans la suite du texte les éléments qui développent cette idée.

6 Comment peut-on qualifier l'attitude du paysan qui trompe l'ogre ?

Le Roi Corbeau

7 Dans ce conte, relevez deux phrases impératives et une phrase exclamative.

8 Quelles expressions indiquent que le martin-pêcheur est vraiment décidé à réussir ?

La Revanche de l'éléphant

9 Un détail montre que les habitants n'avaient en effet pas peur de l'éléphant auparavant (p. 148), lequel ?

10 Pourquoi, selon vous, l'éléphant devient-il aussi agressif envers les hommes ?

Écrire

11 Dans *Le Coq merveilleux,* « Le jeune homme déclara qu'il leur pardonnait [...] » (p. 113, l. 100-101). Écrivez ce qu'il leur dit exactement au style direct.

12 À partir du conte *Le Pigeon et le Mille-pattes*, faites un portrait du pigeon. Insistez sur ce que la fin nous apprend de son caractère.

13 Dans *La Revanche de l'éléphant,* l'animal est craintif alors qu'il devrait se sentir fort. Imaginez la situation inverse dans laquelle un être petit et chétif se sent et se croit très fort. Comment se présenterait-il ?

Chercher

14 Cherchez la définition précise de ce qu'est un ogre. Dans le conte, le personnage répond-il à cette définition ? Cherchez des contes européens dans lesquels on trouve des ogres.

15 On trouve une inversion de la situation entre le début et la fin du conte du *Roi Corbeau*. C'est le cas dans d'autres contes de ce recueil. Relevez-en quelques-uns.

16 La foudre est une puissance naturelle que l'on ne peut maîtriser. Pourtant, une invention permet de la canaliser. Quelle est cette invention et de qui est-elle ?

À SAVOIR

LES TYPES DE PHRASES

Il existe quatre types de phrases dans la langue française :

• La phrase déclarative est celle qui affirme un fait, une idée ou une opinion. Elle n'a pas de ponctuation particulière. C'est le type de phrase le plus usuel. Un texte écrit est construit majoritairement de phrases déclaratives.

• La phrase interrogative est celle qui pose une question. Elle est alors terminée par un point d'interrogation quand la question est posée directement. On trouve deux phrases interrogatives à la page 128 dans le discours de l'ogre (l. 37-39). On remarque dans ces phrases les inversions du sujet et du verbe et l'utilisation d'un mot interrogatif « comment ». Des points d'interrogation terminent les phrases.

• La phrase exclamative exprime une exclamation. C'est un moyen d'insister et de mettre en valeur ce qui semble important. Elle est très souvent terminée par un point d'exclamation. On lit une phrase exclamative p. 110 (l. 41-42) : « Je veux mes maïs, ceux que ton coq a mangés ! » La femme indique ainsi qu'elle est décidée et qu'elle ne changera pas d'avis.

• La phrase injonctive ou impérative donne un ordre. Souvent, elle est à l'impératif et elle veut imposer la volonté de celui qui parle. Lorsque le mille-pattes veut obliger le pigeon à travailler, il lui dit : « j'exige que tu poursuives l'entretien des lieux [...] » (p. 123, l. 23) et lorsque le pigeon agit de même, il dit : « Prends le balai que j'ai là [...] et enlève toutes les traces le plus vite possible. » (p. 124, l. 49-50). Cette dernière phrase seulement est à l'impératif mais elles annoncent toutes les deux des ordres auxquels il faut obéir.

LES ANIMAUX

PAGES 137 à 142, 160 à 162, 168 à 172, 176 à 183 et 190 à 192

Lire

Le Serval et le Ratel

1 Comment qualifier les caractères des deux animaux ?

Le Chat et l'Argent

2 Pourquoi, selon vous, le chat a-t-il été choisi pour être l'espion ? Relevez les expressions qui personnifient l'argent.

Le Grillon capricieux

3 Montrez que les éléments ne sont donnés que lorsqu'ils sont importants pour l'histoire (p. 160). L'attitude de l'hyène à la fin vous surprend-elle ?

Les Malices de la petite tortue

4 Montrez à quel point la tortue est sûre d'elle (p. 170-171).

Le Soui-manga royal

5 Par qui l'oiseau est-il sauvé ? Pourquoi est-ce paradoxal ?

Le Chien

6 Quel est l'objectif de ce conte ? Justifiez votre réponse.

Le Singe et les Animaux

7 L'action de l'homme sur la nature est mise en cause dans ce texte ; comment ? Relevez des exemples. Est-ce un hasard si l'animal choisi est un singe ?

Écrire

8 Dans *Le Chien*, l'« animal principal » fait le résumé de tout ce que lui apporte sa situation au village. Écrivez ce résumé clairement, en quelques lignes.

Chercher

9 Cherchez quatre espèces animales en voie d'extinction en Afrique. L'homme est-il en partie responsable de cette situation ? Pourquoi ?

À SAVOIR

LA PERSONNIFICATION

Le procédé de la personnification consiste à donner des traits et des caractéristiques humains à des objets ou des animaux. Les contes sont pleins de personnifications car les animaux parlent, agissent et présentent les mêmes qualités que les êtres humains (générosité, patience...). Parfois, la personnification concerne des objets, comme c'est le cas dans *Le Chat et l'Argent* pour l'argent.

LES ÉPOUX

PAGES 60 à 63, 77 à 86, 187 à 189 et 220 à 225

Lire

Les Trois Prétendants

1 Montrez que l'atmosphère et l'environnement s'associent au bonheur des jeunes gens (p. 63).

La Corbeille aux arachides

2 Relevez le champ lexical de la pénibilité du chemin que les frères suivent (p. 78). Quel est l'intérêt de ce champ lexical ?

3 Par quoi l'attention des trois frères est-elle détournée de leur sœur ? De quoi ces objets sont-ils symboliques ?

Les Deux Chasseurs

4 Quelle est la différence d'attitude entre les deux hommes ? Qu'est-ce que cela nous apprend de leur caractère ?

La Légende de l'amant maudit

5 Que représente la « grappe multicolore » (p. 221, l. 44) ? Cherchez le sens de « macabre » (p. 223, l. 78). À quoi fait donc penser cette odeur selon vous ?

6 Relevez le champ lexical de la mort (p. 224, l. 108-118).

Écrire

7 Dans *Les Deux Chasseurs*, transformez les lignes 39-41 (p. 188) en une seule phrase. Utilisez des mots de liaison cohérents.

Chercher

8 Un conte français raconte un mariage incestueux : un roi veut épouser sa fille. Elle n'y échappe qu'en faisant tuer l'animal préféré de son père et en se « déguisant » avec sa peau. Quel est ce conte ?

9 Un mythe grec présente un héros qui doit partir à la recherche de l'âme de la femme qu'il aime. Qui est ce héros et que lui arrive-t-il ?

À SAVOIR

LE CHAMP LEXICAL

Un champ lexical est l'ensemble des mots qui développent la même idée, la même notion. C'est un moyen pour l'auteur d'insister sur ce qu'il veut faire comprendre ou ressentir. Il peut ainsi créer une atmosphère de joie ou de peine, de souffrance ou d'allégresse. Ainsi, dans *Les Trois Prétendants* (p. 60, l. 7-13), on relève le champ lexical de la ruse : « malin », « rusé », « futé », « astuces », « la plus belle histoire »... L'auteur montre ainsi que le père ne se laisse pas faire facilement et cela prépare le lecteur à la suite.

Lire

Les Marchands d'illusions

1 Les deux personnages sont punis de leur faute ; que pensez-vous de cette fin ?

L'Éléphant et le Lièvre

2 Qui reprend « on » (p. 118, l. 15) ?

3 Montrez que l'éléphant est trop sûr de lui. Trouvez-vous que le tour joué par le lièvre soit très honnête ? Pourquoi ?

Le Léopard, le Vautour et la Tortue

4 Le vautour a-t-il raison quand il dit que le guépard n'est pas malin ? Appuyez-vous sur des passages précis du texte pour développer votre réponse.

5 Pourquoi lit-on que la tortue est « résignée » (p. 133, l. 98) ?

Les Gorilles

6 Sur qui les gorilles prennent-ils exemple ? Est-ce un hasard ?

La Danse des esprits

7 Montrez la progression adoptée dans la description de la violence de la tempête.

8 Qu'apporte l'image développée aux lignes 113-114 (p. 218) ?

Le Petit Pêcheur

9 Relevez le champ lexical de l'inquiétude en ce qui concerne la mère (p. 226). Montrez que, pour le jeune garçon le chemin est pénible (p. 228).

10 À la fin, le génie est-il honnête ou non ? Cela vous surprend-il ?

Écrire

11 Relisez *L'Éléphant et le Lièvre* et écrivez quelques lignes pour présenter les deux animaux en insistant sur leurs différences de taille, de caractère et de comportement.

12 À partir du conte *Le Léopard, le Vautour et la Tortue*, écrivez le « chant de douleur » que pourrait donner la tortue quand elle apprend la mort d'un de ses enfants, tué par celui en qui elle avait confiance (p. 132, l. 54-56).

13 Employez les mots que vous avez relevés à la question 9 dans un petit texte de quelques lignes. Leur utilisation devra être cohérente avec le contexte dans lequel vous les placerez.

Chercher

14 La tortue est-elle un animal carnivore ? Renseignez-vous sur cet animal ? Il en existe deux catégories ; lesquelles ?

15 Une femme a voué sa vie à l'étude des gorilles et en est morte. Qui est-ce ? Son travail a été évoqué dans un film avec une actrice célèbre. Quel est ce film ? Quelle est cette actrice ?

16 Dans un film, un jeune garçon voue sa vie à la danse. Il y consacre toute son énergie. Savez-vous de quel film il est question ? Que raconte-t-il exactement ?

À SAVOIR

LES DIFFÉRENTES FORMES DU DISCOURS

On trouve deux formes de discours essentiellement dans les textes.

• Le **discours direct** reproduit directement ce que disent les personnages. Il est souvent introduit par le signe de ponctuation « : » et l'ouverture de guillemets. Un tiret indique le changement d'interlocuteur : quand un nouveau personnage prend la parole, un tiret ainsi qu'un retour à la ligne l'indique. Le temps des verbes est en général le présent et le futur et les pronoms personnels sont à la 1re et à la 2e personne. Le discours direct rend le texte plus vivant car le lecteur a vraiment le sentiment d'entendre le personnage parler ou penser. Ainsi, dans le premier conte, lorsqu'un des hommes dit : « Ah ! s'écria la victime, il m'a trompé, le malin. » (p. 57, l. 107), le lecteur ressent parfaitement le désarroi et la colère du personnage.

• Le **discours indirect** reprend également ce que disent ou pensent les personnages mais il l'intègre au récit. On n'entend donc plus les personnages parler ou penser mais le narrateur reformule ce qui a été dit. Le temps du discours est alors le même que celui du récit et les pronoms personnels restent à la 3e personne. Il n'y a plus de ponctuation particulière mais on trouve souvent l'utilisation de la conjonction « que » même si elle n'est pas toujours présente : ainsi, dans les phrases « ils se vantaient, chacun de leur côté, de leur habileté à profiter de la naïveté des autres » (p. 57, l. 97-98) et « Il recommanda aux habitants du village de s'abstenir d'un voyage dans les jours qui allaient suivre. » (p. 217, l. 90-92), on ne trouve aucune conjonction.

I) LES CONTES MALGACHES

Le conte a la particularité d'appartenir aux cinq continents. On connaît bien les contes européens, mais les contes africains ou ceux de l'océan Indien le sont moins, ce qui est bien dommage. Dans tous ces textes (ils sont présentés dans leur version intégrale), on trouve des points communs et des similarités. Le groupement proposé ici a pour objectif, en donnant à lire quelques contes assez courts de Madagascar, d'inviter les lecteurs à s'ouvrir sur une autre culture en retrouvant des histoires qui vont leur sembler souvent familières.

Rabearison

« La Mère Rangonala », *Contes et légendes de Madagascar*, © Éditions Trano Printy, 1994

Ce conte malgache propose, comme les contes de Kamanda ou les contes européens des animaux qui agissent en homme et ont des réactions parfois stupides ou condamnables. Ce conte nous fait rencontrer une créature aquatique bien connue du monde des contes : le personnage merveilleux qu'est la sirène était déjà évoqué par Kamanda. La morale de ce texte est également fréquente dans les contes quelle que soit leur origine.

Immédiatement après la naissance de son enfant, la mère Rangonala se baigne avec de l'eau froide.

Pourquoi ? Cette histoire l'explique.

Un homme pêchait à la ligne. Il retira une maille qui contenait tout ce qu'une femme riche apporte normalement en mariage. Il jeta une seconde fois son hameçon dans l'eau et, hop ! voilà au bout de la ligne une femme qui frétille, une femme jeune, jolie et d'une éblouissante gaîté.

– Ça, alors ! dit notre homme, éberlué.

– Je viens ici pour être votre épouse, répondit la dame.

– Parfait, dit notre heureux pêcheur.

– Seulement, ne dit jamais que j'ai été pêchée à la ligne, recommanda la nouvelle épouse. Si tu le racontes à quelqu'un, je reviendrai dans l'eau et je t'abandonnerai pour toujours.

L'homme promit de tenir sa langue et emmena sa femme dans le village. Le ménage fut heureux. Cinq enfants naquirent. L'homme s'enrichit beaucoup. Il eut deux mille bœufs, cent hectares de rizières, beaucoup de manioc. Par malheur, il prit l'habitude de boire trop d'alcool. L'ivresse enfante l'oubli ; notre riche père de famille se mit à vanter la beauté de sa femme et, surtout, son adresse jamais égalée. « Toi, dit-il, un jour à l'un de ses amis, quand tu manies ton hameçon, tu attrapes des carpes, mon hameçon à moi m'a livré ma belle Sanera. »

Sanera a tout entendu. Elle a pris par la main trois de ses enfants et est retournée au fond des abîmes pour ne plus jamais revenir.

L'ivresse passe. L'homme s'affole. Adieu, la belle Sanera !

De ce temps date la coutume : aussitôt après la naissance de son enfant, la mère Ranganola se baigne dans de l'eau froide, en souvenir de la belle Sanera. Quant aux hommes, autrefois, ils ne prenaient jamais d'alcool.

Attention, jeunes gens, Sanera reviendra ; et pour la mériter vous devez fuir les cabarets. Soyez moins bavards, mesurez bien vos paroles, réfléchissez à ce que vous dites. Autre recommandation : Sanera n'aime ni la médisance, ni la calomnie ; tâchez donc d'être modestes !

Et maintenant, jeunes gens, tentez votre chance. Je vous salue.

Rabearison

« Le Milan et la Poule », *Contes et légendes de Madagascar*,

Les deux animaux jouent des rôles d'humains : la personnification est donc à nouveau à l'honneur. Cela rappelle un grand nombre de textes de Kamanda ; ce conte, en outre, comme c'est bien souvent le cas, propose l'explication « historique » et fantaisiste de la manie qu'ont les poules de gratter le sol.

Tout le monde en parle. Tout le monde le croit, sauf moi. Sauf moi ? Oui, car je pense autrement. Voici l'affaire telle que la légende me l'a transmise.

Une poule eut ses habits déchirés. Elle vint trouver le milan[1] qui possédait une aiguille : elle l'emprunta. Le milan était bon prêteur. Et la poule raccommoda alors ses vêtements.

Ouvrons une parenthèse. Il fut un temps, dit-on, où la poule avait la physionomie de la femme et s'habillait comme elle, non pas comme nos dames du siècle présent qui portent des pantalons et sont ridicules, mais comme celles du temps de Jésus qui portaient de longues chemises blanches et qui étaient saintes.

La poule raccommoda donc ses habits. Mais après, que se passa-t-il ? Elle perdit l'aiguille. Le milan se fâcha. Il y eut querelle. La poule fut effrayée. Elle se mit à rechercher l'aiguille perdue, gratta la terre partout espérant la retrouver quelque part. Et en attendant, le milan a prélevé des intérêts calculés en poussins.

On dit que le cri du milan « Filoko » peut s'interpréter ainsi : où se trouve mon aiguille ? Quand la poule entend ce cri, elle répond toujours de sa voix grave : « oadray » ce qui veut dire à peu près : « Ah mon dieu ».

1. Oiseau rapace diurne.

Conte, conte, ce n'est pas moi qui mens.
Ce sont les ancêtres.

Rabearison

« Le Crocodile et le Sanglier », *Contes et légendes de Madagascar,*

Les deux animaux ont à nouveau des caractéristiques humaines. Ils représentent deux modèles de ce qu'il ne faut pas faire et la morale tombe sans pitié : ils sont sanctionnés pour leur orgueil et leur bêtise…

Ils se rencontrèrent par hasard, et par hasard ils se parlèrent en amis.

– Bonjour, caïman, lança le sanglier.

– Bonjour, sanglier, répondit le caïman.

« Les deux géants se rencontrent, se dirent les petits oiseaux, allons-nous-en plus loin ». « Les deux géants se saluent, se dirent les caméléons, la paix est donc conclue, approchons maintenant sans crainte. »

– Bonjour, caïman, salua encore une fois le sanglier. Le saurien cligna de l'œil, puis il dit : « Mon ami, avec ta tête si basse, peux-tu vraiment tuer tes voisins ? Les vois-tu bien ? »

– Moi ? répondit le sanglier, je baisse la tête, car je pense toujours. J'ai l'air de fermer les yeux car j'épie chaque chose. Mais toi qui rampe tout le temps, que penses-tu vraiment faire ?

– Qui n'a pas rampé dans sa vie ? répondit la caïman. Le plus grand capitaine est celui qui sait ramper le plus. Il faut toujours craindre celui qui rampe.

Et pendant que les deux amis vantaient leurs exploits respectifs, le caïman s'approcha doucement, en rampant, tandis que le sanglier, tout en paraissant ne rien voir, épiait d'un œil malin. Le caïman sauta tout d'un coup et brisa les reins du sanglier ; le sanglier fut si rapide à envoyer ses défenses qu'il fit sauter les intestins du caïman.

Les deux géants moururent en même temps.

Voilà ce qui arriva, et voilà ce qui devait arriver, chantèrent les oiseaux. Fuyons, leurs cadavres feront encore du mal, clama le caméléon apeuré.

Moi aussi j'ai peur en pensant à ce conte.

II) LES CONTES D'AFRIQUE ET DE L'ORIENT

Salim Hatubou a reconstitué un ensemble de contes qui viennent comme il le dit lui-même dans la préface « de l'Afrique et de l'Orient », retenus de son « enfance, là-bas, dans ce village perdu au cœur de la brousse comorienne ».

Dans ces contes, le même personnage revient à chaque fois et c'est lui qui vit les aventures racontées. On retrouve les mêmes caractéristiques que dans les autres contes avec un élément supplémentaire : l'idiot voyageur M'na Madi ne mérite pas toujours son surnom…

Salim Hatubou (né en 1972 aux Comores)

« M'na Madi et le grand bandit », *Sagesses et malices de Madi, l'idiot voyageur,* © Éditions Albin Michel, 2004

M'na Madi est confronté dans ce texte à la cupidité et à la cruauté humaine (deux caractéristiques déjà rencontrées dans le recueil de Kamanda). C'est l'argent qui est la source de ses problèmes et le sultan agit tel un tyran sans lui donner une chance de s'expliquer. Dans cette situation, la force musculaire ne peut rien mais on va voir que l'esprit peut tout…

Lorsque M'na Madi arriva dans ce village-là, il trouva deux quartiers distincts : l'un était très riche et l'autre très pauvre. Il se rendit à l'entrée du village et construisit une misérable case dont il fit son domicile.

Tous les soirs, il se glissait dans les riches maisons, dérobait argent, bijoux, or… et distribuait son larcin aux pauvres. Alors les pauvres

devenaient riches, achetaient les maisons des anciens riches devenus pauvres et s'y installaient. Mais M'na Madi, à la nuit tombante, volait aux nouveaux riches pour donner aux nouveaux pauvres. Ce ballet de changement de quartier continua, et cela agaçait les uns et les autres.

Un matin, le sultan fit capturer M'na Madi et ordonna qu'on le jetât à la mer. M'na madi fut enfermé dans un sac et deux soldats l'emportèrent en direction de la mer. L'un des soldats dit :

– Arrêtons-nous là, il fait chaud et j'ai faim !

Ils s'arrêtèrent, déposèrent le sac sur un rocher et partirent manger. M'na Madi entendit des pas et se mit à hurler.

– Jetez-moi à la mer ! Laissez les requins me manger mais je vous jure que jamais, au grand jamais je n'épouserai la belle princesse.

Un homme s'approcha du sac et demanda :

– Que se passe-t-il ?

– Le sultan a voulu me marier à sa fille et me faire don de sa fortune, ce que j'ai refusé.

Qu'il garde sa fille et sa richesse ! Il m'a donc condamné à mort !

– Tu es vraiment idiot, répondit l'homme, qui était un grand bandit.

L'homme ouvrit le sac, libéra M'na Madi et lui dit :

– Je me glisse dans ce sac et tu m'enfermes.

M'na Madi s'exécuta.

Les soldats arrivèrent, prirent le sac et partirent. Le grand bandit hurlait :

– J'ai changé d'avis ! Je veux me marier avec la princesse ! Ramenez-moi au château et j'accepte toute la fortune du roi.

Les soldats se mirent à rire.

– Tu es vraiment idiot, M'na Madi !

Et ils jetèrent le sac à la mer. M'na Madi chaussa ses vieilles babouches. Il s'en fut à la recherche de la sagesse…

Salim Hatubou (né en 1972 aux Comores)

« M'na Madi et les babouches », *Sagesses et malices de Madi, l'idiot voyageur,* © Éditions Albin Michel, 2004

Dans ce conte, c'est à nouveau la cupidité qui est en cause, mais cette fois le coupable est puni directement. La générosité, quant à elle, même si elle a été malmenée une première fois, est récompensée. Moyen très simple de faire entendre au lecteur que, même si parfois on ne voit pas immédiatement le résultat de ses bonnes actions, cela finit toujours par arriver.

Lorsque M'na Madi arriva dans ce village-là, il trouva une vieille femme assise en train de pleurer.

– Que se passe-t-il ? demanda-t-il

Et la vieille femme raconta :

– Un jour, j'ai vu un homme fort misérable qui avait froid, faim et soif. Je l'ai invité dans ma case où il a mangé et bu. Il est resté avec moi et je l'ai toujours considéré comme mon fils, la chair de ma chair. Ce matin, il est parti en emportant ma seule et unique chèvre.

M'na Madi hocha les épaules, indifférent aux sanglots de la vieille femme. Il s'en alla et remarqua des traces de pas sur son chemin. Il comprit que le voleur de chèvre était passé par là. Il courut, emprunta un sentier parallèle, dépassa l'homme ingrat, s'arrêta et se dit : « Il passera certainement par ici ! »

L'idiot voyageur enleva sa babouche gauche, la posa par terre et se cacha derrière un arbre. En effet, le voleur, tenant la chèvre au bout d'une corde, arriva. Il s'exclama :

– Oh, la belle babouche ! Dommage qu'il manque l'autre !

Il partit. M'na Madi sortit de sa cachette, récupéra sa babouche,

emprunta un sentier parallèle, courut, dépassa le voleur, s'arrêta et se dit : « Il passera certainement par ici ! »

Il enleva sa babouche droite, la posa par terre et se cacha derrière un buisson. Et voilà le voleur qui arrive et s'écrie :

– Oh, la belle babouche ! C'est la deuxième… Tiens, je vais chercher l'autre !

Il attacha la chèvre à un arbre et partit en courant. M'na Madi sortit de sa cachette, détacha l'animal et s'en alla voir la vieille femme.

– Tiens, lui dit-il, voici ta chèvre !

– Merci jeune homme ! Qu'Allah te bénisse !

– Qu'il bénisse d'abord mes babouches, le reste on verra, répondit l'idiot voyageur avant de partir à la recherche de la sagesse…

Salim Hatubou (né en 1972 aux Comores)

« M'na Madi et les sept diables », *Sagesses et malices de Madi, l'idiot voyageur,* © Éditions Albin Michel, 2004

Ce conte fait l'éloge de la ruse et de la refléxion. Face au nombre et aux personnages, M'na Madi ne pouvait rien, mais il n'a même pas eu à se battre. Cela montre que la violence ne résout rien et qu'il est préférable de s'en tenir à l'écart car on peut malgré tout réussir ce que l'on entreprend.

Surpris par la nuit au milieu de la brousse, M'na Madi s'arrêta sous un arbre et se coucha. Tenaillé par la faim, il s'endormit rapidement mais il fut réveillé par une piqûre sur la joue. Des moustiques étaient posés sur lui et s'abreuvaient tranquillement de son sang. Dans un mouvement de colère, M'na Madi se donna une gifle et tua les moustiques. Il en compta sept.

Le lendemain matin, il écrivit sur le dos de son boubou : « D'une gifle, j'en ai tué sept ! » Il s'en alla. Il arriva dans un village et tous ceux qui lisaient cette phrase partaient en courant. Le sultan entendit parler de cet étranger qui avait tué sept hommes d'une gifle. Il l'invita au palais et lui dit :

– Tu es très fort ! Dans ce village, nous mourons de faim parce que nos champs sont occupés par sept diables. Allah t'a envoyé pour nous sauver !

Acclamé par tous les villageois, M'na Madi, l'idiot voyageur, prit le chemin de la grande forêt. Là-bas, il grimpa sur un manguier et s'assit sur une branche, caché par les feuilles. Soudain, il entendit des voix. Au pied de l'arbre, les sept diables se couchèrent et ne tardèrent pas à ronfler. M'na Madi comprit qu'ils étaient fatigués et faisaient la sieste.

Il fouilla sa poche, prit une pierre et la jeta sur un diable qui se réveilla en pestant :

– Je t'ai déjà dit de ne pas me toucher !

Un autre diable bondit en hurlant :

– Je ne t'ai pas touché !

– En plus, tu nies !

Les deux diables commencèrent à se battre. Les autres diables se réveillèrent et la bagarre dégénéra. Ils finirent par s'entretuer.

M'na Madi appela le sultan et tous les villageois. Il leur dit :

– Regardez, d'une gifle j'ai tué les sept diables !

Tout le monde le remercia. Ainsi, ce village-là retrouva la prospérité et la tranquillité. M'na Madi s'en fut à la recherche de la sagesse…

BIBLIOGRAPHIE

Ouvrages de Kama Kamanda

• Recueils de contes :

– *Les Contes du griot, tome 1*, Éd. Présence Africaine, 1997, 1998.
– *Les Contes du griot, tome 2*, (ou La Nuit des griots), Éd. Présence Africaine, 1996, 1991.
– *Les Contes du griot, tome 3* (ou Les Contes des veillées africaines, Éd. Présence Africaine, 1967, 1985, 1998.
– *Les Contes du crépuscule*, Éd. Présence africaine, 2000.

• Roman :

– *Lointaines sont les rives du destin*, Éd. L'Harmattan, 1994, 2000.

Ouvrages sur l'Afrique

– Bernard Dadié, *Les Contes des Koutou-as-Samala*, Éd. Présence Africaine, 1999.
– Bernard Dadié, *Le Pagne noir*, Éd. Présence Africaine, 1995.
– Maximilien Quénum, *Trois Légendes africaines*, Éd. Présence Africaine, 1985.

Ouvrages sur le Congo

– Sieniz Fe Nkap, *Le livre sans nom*, Éd. Tehrani Javid, Bonn 2003.
– Roland Louvel, *L'Afrique noire et la différence culturelle*, Éd. L'Harmattan, 1997.
– Jacques Chevrier, *Littératures d'Afrique noire de langue française*, Éd. Nathan, 1999.
– Hergé, *Tintin au Congo*, Éd. Casterman.

VISITER

Musée africain de Lyon, 150, cours Gambetta, 69361 Lyon Cedex 07,
Tél. : 04. 78. 58. 45. 70.

CONSULTER INTERNET

– www.congonline.com : ce site dresse un inventaire des différentes facettes de la République démocratique du Congo.
– www.afrik.com/congo : ce site propose les actualités du pays.
– www.ifrance.com/le-congo : ce site permet de visiter le Congo en photos...

Classiques & Contemporains

SÉRIES COLLÈGE ET LYCÉE

1 **Mary Higgins Clark,** *La Nuit du renard*
2 **Victor Hugo,** *Claude Gueux*
3 **Stephen King,** *La Cadillac de Dolan*
4 **Pierre Loti,** *Le Roman d'un enfant*
5 **Christian Jacq,** *La Fiancée du Nil*
6 **Jules Renard,** *Poil de Carotte* (comédie en un acte), suivi de *La Bigote* (comédie en deux actes)
7 **Nicole Ciravégna,** *Les Tambours de la nuit*
8 **Sir Arthur Conan Doyle,** *Le Monde perdu*
9 **Poe, Gautier, Maupassant, Gogol,** *Nouvelles fantastiques*
10 **Philippe Delerm,** *L'Envol*
11 *La Farce de Maître Pierre Pathelin*
12 **Bruce Lowery,** *La Cicatrice*
13 **Alphonse Daudet,** *Contes choisis*
14 **Didier van Cauwelaert,** *Cheyenne*
15 **Honoré de Balzac,** *Sarrazine*
16 **Amélie Nothomb,** *Le Sabotage amoureux*
17 **Alfred Jarry,** *Ubu roi*
18 **Claude Klotz,** *Killer Kid*
19 **Molière,** *George Dandin*
20 **Didier Daeninckx,** *Cannibale*
21 **Prosper Mérimée,** *Tamango*
22 **Roger Vercel,** *Capitaine Conan*
23 **Alexandre Dumas,** *Le Bagnard de l'Opéra*
24 **Albert t'Serstevens,** *Taïa*
25 **Gaston Leroux,** *Le Mystère de la chambre jaune*
26 **Éric Boisset,** *Le Grimoire d'Arkandias*
27 **Robert Louis Stevenson,** *Le Cas étrange du Dr Jekyll et de M. Hyde*
28 **Vercors,** *Le Silence de la mer*
29 **Stendhal,** *Vanina Vanini*
30 **Patrick Cauvin,** *Menteur*
31 **Charles Perrault, Mme d'Aulnoy, etc.,** *Contes merveilleux*
32 **Jacques Lanzmann,** *Le Têtard* (épuisé)
33 **Honoré de Balzac,** *Les Secrets de la princesse de Cadignan* (épuisé)
34 **Fred Vargas,** *L'Homme à l'envers*
35 **Jules Verne,** *Sans dessus dessous*
36 **Léon Werth,** *33 Jours*
37 **Pierre Corneille,** *Le Menteur*
38 **Roy Lewis,** *Pourquoi j'ai mangé mon père*
39 **Charles Baudelaire,** *Les Fleurs du Mal*
40 **Yasmina Reza,** *« Art »*
41 **Émile Zola,** *Thérèse Raquin*
42 **Éric-Emmanuel Schmitt,** *Le Visiteur*
43 **Guy de Maupassant,** *Les deux Horla*
44 **H. G. Wells,** *L'Homme invisible* (épuisé)
45 **Alfred de Musset,** *Lorenzaccio*
46 **René Maran,** *Batouala*
47 **Paul Verlaine,** *Confessions*
48 **Voltaire,** *L'Ingénu*
49 **Sir Arthur Conan Doyle,** *Trois Aventures de Sherlock Holmes*
50 *Le Roman de Renart*
51 **Fred Uhlman,** *La Lettre de Conrad* (épuisé)
52 **Molière,** *Le Malade imaginaire*
53 **Vercors,** *Zoo ou l'assassin philanthrope*

54 **Denis Diderot,** *Supplément au Voyage de Bougainville*
55 **Raymond Radiguet,** *Le Diable au corps* (épuisé)
56 **Gustave Flaubert,** *Lettres à Louise Colet*
57 **Éric-Emmanuel Schmitt,** *Monsieur Ibrahim et les fleurs du Coran*
58 **George Sand,** *Les Dames vertes* (épuisé)
59 **Anna Gavalda, Dino Buzzati, Julio Cortázar, Claude Bourgeyx, Fred Kassak, Pascal Mérigeau,** *Nouvelles à chute*
60 **Maupassant,** *Les Dimanches d'un bourgeois de Paris*
61 **Éric-Emmanuel Schmitt,** *La Nuit de Valognes*
62 **Molière,** *Dom Juan*
63 **Nina Berberova,** *Le Roseau révolté*
64 **Marivaux,** *La Colonie* suivi de *L'Île des esclaves*
65 **Italo Calvino,** *Le Vicomte pourfendu*
66 *Les Grands Textes fondateurs*
67 *Les Grands Textes du Moyen Âge et du XVIe siècle*
68 **Boris Vian,** *Les Fourmis*
69 *Contes populaires de Palestine*
70 **Albert Cossery,** *Les Hommes oubliés de Dieu*
71 **Kama Kamanda,** *Les Contes du Griot*
72 **Bernard Werber,** *Les Fourmis* (Tome 1) (épuisé)
73 **Bernard Werber,** *Les Fourmis* (Tome 2) (épuisé)
74 **Mary Higgins Clark,** *Le Billet gagnant et deux autres nouvelles*
75 *90 poèmes classiques et contemporains*
76 **Fred Vargas,** *Pars vite et reviens tard*
77 **Roald Dahl, Ray Bradbury, Jorge Luis Borges, Fredric Brown,** *Nouvelles à chute 2*
78 **Fred Vargas,** *L'Homme aux cercles bleus*
79 **Éric-Emmanuel Schmitt,** *Oscar et la dame rose*
80 **Zarko Petan,** *Le Procès du loup*
81 **Georges Feydeau,** *Dormez, je le veux !*
82 **Fred Vargas,** *Debout les morts*
83 **Alphonse Allais,** *À se tordre*
84 **Amélie Nothomb,** *Stupeur et Tremblements*
85 *Lais merveilleux des XIIe et XIIIe siècles*
86 *La Presse dans tous ses états – Lire les journaux du XVIIe au XXIe siècle*
87 *Histoires vraies – Le Fait divers dans la presse du XVIe au XXIe siècle*
88 **Nigel Barley,** *L'Anthropologie n'est pas un sport dangereux*
89 **Patricia Highsmith, Edgar A. Poe, Guy de Maupassant, Alphonse Daudet,** *Nouvelles animalières*
90 **Laurent Gaudé,** *Voyages en terres inconnues – Deux récits sidérants*
91 **Stephen King,** *Cette impression qui n'a de nom qu'en français et trois autres nouvelles*
92 **Dostoïevski,** *Carnets du sous-sol*
93 **Corneille,** *Médée*
94 **Max Rouquette,** *Médée*
95 **Boccace, E.A. Poe, P.D. James, T.C. Boyle, etc.,** *Nouvelles du fléau – Petite chronique de l'épidémie à travers les âges*
96 *La Résistance en prose – Des mots pour résister*
97 *La Résistance en poésie – Des poèmes pour résister*
98 **Molière,** *Le Sicilien ou l'Amour peintre*
99 **Honoré de Balzac,** *La Bourse*
100 **Paul Reboux et Charles Muller,** *À la manière de... – Pastiches classiques*
100 bis **Pascal Fioretto,** *Et si c'était niais ? – Pastiches contemporains*
101 *Ceci n'est pas un conte et autres contes excentriques du XVIIIe siècle*
102 **Éric-Emmanuel Schmitt,** *Milarepa*
103 **Victor Hugo,** *Théâtre en liberté*
104 **Laurent Gaudé,** *Salina*
105 **George Sand,** *Marianne*
106 **E.T.A. Hoffmann,** *Mademoiselle de Scudéry*
107 **Charlotte Brontë,** *L'Hôtel Stancliffe*
108 **Didier Daeninckx,** *Histoire et faux-semblants*
109 **Éric-Emmanuel Schmitt,** *L'Enfant de Noé*
110 **Jean Anouilh,** *Pièces roses*

111 **Amélie Nothomb,** *Métaphysique des tubes*
112 **Charles Barbara,** *L'Assassinat du Pont-Rouge*
113 **Maurice Pons,** *Délicieuses frayeurs*
114 **Georges Courteline,** *La Cruche*
115 **Jean-Michel Ribes,** *Trois pièces facétieuses*
116 **Sam Braun (entretien avec Stéphane Guinoiseau),** *Personne ne m'aurait cru, alors je me suis tu*
117 **Jules Renard,** *Huit jours à la campagne*
118 **Ricarda Huch,** *Le Dernier Été*
119 *Les Aventures extraordinaires d'Adèle Blanc-Sec*
120 **Éric Boisset,** *Nicostratos*
121 **Éric-Emmanuel Schmitt,** *Crime parfait et Les Mauvaises Lectures – Deux nouvelles à chute*
122 **Mme de Sévigné, Diderot, Voltaire, George Sand,** *Lettres choisies*
123 **Alexandre Dumas,** *La Dame pâle*
124 **E.T.A. Hoffmann,** *L'Homme au sable*
125 *La Dernière Lettre – Paroles de Résistants fusillés en France (1941–1944)*
126 **Olivier Adam,** *Je vais bien, ne t'en fais pas*
127 **Jean Anouilh,** *L'Hurluberlu – Pièce grinçante*
128 **Yasmina Reza,** *Le Dieu du carnage*
129 **Colette,** *Claudine à l'école*
130 *La poésie dans le monde et dans le siècle – Poèmes engagés*
131 **Pierre Benoit,** *L'Atlantide*
132 **Louis Pergaud,** *La Guerre des boutons*
133 **Franz Kafka,** *La Métamorphose*
134 **Daphné du Maurier,** *Les Oiseaux et deux autres nouvelles*
135 **Daniel Defoe,** *Robinson Crusoé*
136 **Alexandre Pouchkine,** *La Dame de pique*
137 **Oscar Wilde,** *Le Crime de Lord Arthur Savile*
138 **Laurent Gaudé,** *Médée Kali*

SÉRIE BANDE DESSINÉE (en coédition avec Casterman)

1 **Tardi,** *Adèle Blanc-sec – Adèle et la Bête*
2 **Hugo Pratt,** *Corto Maltese – Fable de Venise*
3 **Hugo Pratt,** *Corto Maltese – La Jeunesse de Corto*
4 **Jacques Ferrandez,** *Carnets d'Orient – Le Cimetière des Princesses*
5 **Tardi,** *Adieu Brindavoine* suivi de *La Fleur au fusil*
6 **Comès,** *Dix de der* (épuisé)
7 **Enki Bilal et Pierre Christin,** *Les Phalanges de l'Ordre noir*
8 **Tito,** *Tendre banlieue – Appel au calme*
9 **Franquin,** *Idées noires*
10 **Jean-Michel Beuriot et Philippe Richelle,** *Amours fragiles – Le Dernier Printemps*
11 **Ryuichiro Utsumi et Jirô Taniguchi,** *L'Orme du Caucase*
12 **Jacques Ferrandez et Tonino Benacquista,** *L'Outremangeur*
13 **Tardi,** *Adèle Blanc-sec – Le Démon de la Tour Eiffel*
14 **Vincent Wagner et Roger Seiter,** *Mysteries – Seule contre la loi*
15 **Tardi et Didier Daeninckx,** *Le Der des ders*
16 **Hugo Pratt,** *Saint-Exupéry – Le Dernier Vol*
17 **Robert Louis Stevenson, Hugo Pratt et Mino Milani,** *L'Île au trésor*
18 **Manchette et Tardi,** *Griffu*
19 **Marcel Pagnol et Jacques Ferrandez,** *L'Eau des collines – Jean de Florette*
20 **Jacques Martin,** *Alix – L'Enfant grec*
21 **Comès,** *Silence*
22 **Tito,** *Soledad – La Mémoire blessée*

SÉRIE ANGLAIS

Allan Ahlberg, *My Brother's Ghost*
Saki, *Selected Short Stories*
Edgar Allan Poe, *The Black Cat,* suivie de *The Oblong Box*
Isaac Asimov, *Science Fiction Stories*
Sir Arthur Conan Doyle, *The Speckled Band*
Truman Capote, *American Short Stories*

NOTES PERSONNELLES